Patricia Mansfield

Nur nicht so schüchtern!

Patricia Mansfield

Nur nicht so schüchtern!

Wie man Hemmungen und Befangenheit ablegt
und selbstbewußt denken und handeln lernt

Übersetzung aus dem Englischen
von Brigitte Stein

Oesch Verlag

Die englische Originalausgabe erschien 1994
unter dem Titel *Why am I Afraid to be Assertive?* bei Fount,
An Imprint of HarperCollinsPublishers, London

Die Deutsche Bibliothek – CIP-Einheitsaufnahme

Mansfield, Patricia:

Nur nicht so schüchtern! : wie man Hemmungen und Befangenheit ablegt und selbstbewusst denken und handeln lernt / Patricia Mansfield. Übers. aus dem Engl. von Brigitte Stein. – Zürich : Oesch, 1996

Einheitssacht.: Why am I afraid to be assertive? <dt.>
ISBN 3-85833-543-6

Schutzumschlag: Heinz von Arx, Zürich
Druck und Bindung: Freiburger Graphische Betriebe,
Freiburg i. Br.

ISBN 3-85833-543-6

6 5 4 3 2 1

Inhalt

Vorwort 7
Einführung 11

1 Was Selbstsicherheit bedeutet 15
2 Was steht hinter den Ängsten, die Sie hemmen? 29
3 Wie man geringe Selbstachtung erkennt und bessert 49
4 Probleme mit Liebe und Sex 67
5 Arbeitslosigkeit 85
6 Wie gehe ich mit Ablehnung, Kritik und Schuldzuweisung um? 89
7 Wie kann ich etwas ändern? 105
8 Historischer Rückblick 115
9 Kommunikation und Körpersprache 133
10 Streß 159
11 Kreatives Denken 171

Danksagungen 181

Vorwort

Wenn man nicht um das bitten kann, was man will, muß man mit dem zufrieden sein, was man kriegt – das ist eine der großen Schwierigkeiten des Lebens. Sie wurzelt im Übel der geringen Selbstachtung, die unser Streben nach persönlichem Glück so oft untergräbt.

Vor allem gilt dies für Menschen, die gelernt haben, Haltung zu bewahren, die andere Wange hinzuhalten, anderen zu dienen und sich den Älteren unterzuordnen, die »es besser wissen«. Diese Einstellung mag ihren Platz haben, aber sie eignet sich nicht mehr als alleiniges Prinzip. Sie ist keine Hilfe für die weniger wendigen und selbstbewußten Mitglieder der Gesellschaft, geschweige denn für die Armen, Schwachen und Unterprivilegierten. Menschen mit niedriger Selbstachtung werden einfach zu stummen Opfern des Gesellschaftssystems.

Wir wissen auch, daß ein mangelhaftes Selbstbild und geringer Selbstrespekt die unvermeidliche Folge davon sind, daß Kinder unter sehr unglücklichen und unsicheren Umständen aufwachsen. Ungeachtet der Wertvorstellungen einer Gesellschaft entwickeln sich junge Menschen, die mißhandelt, mißbraucht oder abgelehnt werden, zu Erwachsenen, die es nicht verstehen, Ansprüche auf das anzumelden, was sie wollen. Die meisten werden stumm bleiben; andere werden im Gegensatz dazu in ebenso unangemessener Weise lauthals alles fordern, was man ihnen vorenthielt. Beide Gruppierungen sowie all jene, die zur Passivität konditioniert wurden, müssen lernen, mit größerer Selbstsicherheit aufzutreten (was natürlich nicht heißt: aggressiver).

Zum Beispiel handle ich nicht *selbstsicher,* wenn ich einem Passanten, der mich anrempelt, drohe, ihn umzubringen. Ich agiere dann nur meine neurotische Unsicherheit aus und werde mich das nächste Mal, wenn mir jemand aus Ungeschick in die Quere kommt, genauso unsicher fühlen. Um mich wirklich selbstsicher zu fühlen und auch so zu wirken, muß ich die Kontrolle über die Situation und meine Gefühle behalten.

Für mich liegt die eigentliche Nützlichkeit von Patricia Mansfields Buch in ihrer Fähigkeit, diesen Unterschied so klarzumachen, daß wir uns angesprochen fühlen. Sie hat das alles miterlebt, sie ist mit einer Reihe familiärer Schwierigkeiten aufgewachsen, sie hat das Problem sowohl von innen wie auch von außen gesehen, und sie hat alle vorgeschlagenen Lösungen selbst erprobt. Wenn man Sie je »durch die Mangel gedreht« hat, dann ist dies das richtige Buch für Sie – das Problem wird Ihnen anhand der vielfältigen Beispiele, die Patricia Mansfield ausbreitet, sonnenklar werden. Jemand, der das Manuskript gelesen hatte, bemerkte, es sei wie eine »Bibel« der Selbstbehauptung – von der Schöpfungsgeschichte bis zur Offenbarung.

Wie dem auch sei, dieses Buch macht einem deutlich, daß man, auch wenn man aufgrund von Erziehungsfehlern mit einem Gefühl von Hilflosigkeit aufgewachsen ist, Schritte unternehmen kann, um das Bild zu korrigieren und in einer zufriedeneren Zukunft Arbeit, Spiel und Beziehungen zu genießen.

Phillip Hodson

Einführung

Wenn Sie dieses Buch Schritt für Schritt durcharbeiten, wird es Sie auf den Weg zur Selbstsicherheit führen. Es wird Ihnen helfen, über die Schritte nachzudenken, die Sie unternehmen müssen, um Ihre Selbstachtung zu verbessern. Sie werden lernen, sich mehr zu lieben, Ihr Selbstvertrauen zu erhöhen und herauszufinden, was Sie hemmt. Sie werden Ihr inneres Selbst besser kennenlernen. Selbsterkenntnis und Verständnis für die Beweggründe Ihrer Handlungen werden Ihr Leben auf ein stärkeres Fundament stellen und Sie befähigen, vorwärtszukommen. Dieses Buch handelt auch von meiner eigenen Suche nach Antworten auf die Frage, wie das menschliche Seelenleben funktioniert, warum wir uns so und nicht anders verhalten und, vor allem, wie wir aufhören können, Dinge zu tun, die unser Leben ruinieren. Es gibt einen kleinen Vorgeschmack auf die Änderungen, die Sie realistischerweise vornehmen können. Es zeigt, daß eine innere Kraft Sie befähigen kann, mehr Verantwortung für das zu übernehmen, was in Zukunft passieren wird, und zwar unabhängig davon, was in der Vergangenheit geschah.

Ich denke, daß Ihnen dieses Buch leicht lesbar erscheinen wird. Ich hoffe, daß es mir gelingt, Ihren Weg zur Selbstsicherheit leicht und erfreulich zu gestalten.

Selbstsicherheit hat mein Leben verbessert. Meine Arbeit in einem Internat, wo die Eltern enorme Gebühren zahlten, um ihren Sprößlingen eine angemessene Bildung zu sichern, und wo mir vor Augen geführt wurde, was Bildung und Reichtum für das Selbstvertrauen und die Selbstsicherheit der Menschen ausmachen – und zwar schon kleiner Jungen –, hat mir die Augen geöffnet. Ich besaß von beidem nicht viel.

Mir wurde schnell klar, wie sehr ich mich entwickeln mußte, um diesen mir anvertrauten selbstbewußten kleinen Burschen gewachsen zu sein. Während meiner Zeit als »Hausmutter« pflügte ich Berge von Literatur über Wege zur Verbesserung der persönlichen Lebensqualität durch. Dies war die Ausgangsbasis für meine ersten, tastenden Schritte hin zu der neuen, selbstsicheren Person, die ich zu werden hoffte. Aber erst mit meinem Entschluß, diese Stelle aufzugeben, unternahm ich einen wirksamen Schritt, um konstruktiv an meiner Gehemmtheit und meinem Mangel an Selbstachtung zu arbeiten.

Bei meinem Weggang stand einer der Jungen auf, um eine kleine Dankesrede zu halten. Dann folgten einige wunderschöne Augenblicke, als mir viele der Jungen Geschenke und Blumen überreichten. Ich war überwältigt von Gefühlen der Trauer, aber auch des Stolzes. Wie brennend ich mir wünschte, aufstehen und meinerseits ein paar

Worte des Dankes sagen zu können! Aber irgendein innerer Dämon schien mich an der Gurgel gepackt zu haben. Ich fühlte Angst in mir aufsteigen. Meine Beine wurden zu Pudding, und mich erfaßte eine solche Panik, daß ich nicht einmal aufstehen konnte. An meinem Sitz festgefroren, murmelte ich schüchtern »danke«. Erst als einer meiner kleinen Schützlinge auf mich zustürmte und mich umarmte, war der Bann gebrochen, und ich konnte mich etwas entspannen.

Ich habe berufliche Erfahrungen als diplomierte Krankenschwester, Hausmutter in einem Internat und als Beraterin für Trauernde gesammelt. Seit acht Jahren beschäftige ich mich aktiv mit Persönlichkeitsentwicklung. Ich habe als Ausbilderin in Beratung, Hypnotherapie und psychischer Gesundheit gearbeitet. Ich war im Krankenhausrundfunk tätig und bin ausgebildete Ehetherapeutin. Ich habe auch als Koordinatorin für Saneline, ein gemeinnütziges Psychotherapiezentrum, gearbeitet und habe an der Ausbildung von freiwilligen MitarbeiterInnen für das angeschlossene Sorgentelefon teilgenommen. Und ich war Beraterin von Family Matters, einer gemeinnützigen Einrichtung, die Überlebenden von Kindsmißbrauch und deren Angehörigen hilft.

Im Hauptberuf habe ich jedoch publizistisch gearbeitet. Ich begann mit einer medizinischen und später einer Ratgeber-Kolumne am *Northern Echo* in Darlington und bin dann zum *London Evening News* in der Fleet Street übergewechselt und von da zum *Daily Star* und *Take A Break*-

Magazin, der britischen Frauenzeitschrift mit der höchsten Auflage.

Auf diesem Weg habe ich gelernt, meine Ansprüche klarer und präziser zu vertreten. Zuvor hatte ich meine Wünsche nur zaghaft geäußert, in der Hoffnung, jemand werde sie mir erfüllen. Wenn dies nicht geschah, hatte ich einen guten Grund, mich zu bedauern. Ich lernte in entschiedener, aber nicht beleidigender Weise nein zu sagen und das Nein anderer Leute zu akzeptieren, ohne gekränkt zu sein oder mich persönlich abgelehnt zu fühlen. Ich lernte, Körpersprache zu deuten, und erkannte, daß sie uns helfen kann, uns besser verständlich zu machen. Vor allem lernte ich, meine Aggressionen zu erkennen und damit umzugehen. Ich entdeckte, wie leicht es ist, Komplimente zu machen, und, was für einen selbstunsicheren Menschen noch viel wichtiger ist, wie leicht es fällt, Komplimente entgegenzunehmen. Das war mir in der Vergangenheit immer sehr schwergefallen. Nun begann ich, selber die Initiative zu ergreifen.

All dies ist nicht über Nacht geschehen, und ich habe immer noch einen langen Weg vor mir. Aber inzwischen fühle ich mich wie eine Missionarin in Sachen Selbstsicherheit. Lernen Sie, sich selbst mehr zu mögen, bauen Sie ein Selbstvertrauen auf, von dem Sie nie etwas geahnt haben, und die Welt wird Ihnen als ein neuer, glücklicherer und erfüllterer Ort erscheinen.

Kapitel 1
Was Selbstsicherheit bedeutet

Selbstsicher zu sein heißt, an sich selbst zu glauben und dabei die Gefühle und Bedürfnisse der andern zu respektieren. Es bedeutet, neue Möglichkeiten zu finden, um sich selbst auszudrücken, und dabei seine eigenen Stärken und Schwächen zu erkennen. Es bedeutet, sich auf eine Weise zu verhalten, die es einem ermöglicht, ohne Angst im eigenen Interesse zu handeln; für sich selbst einzutreten; sich ehrlich und ungezwungen zu seinen eigenen Gefühlen zu bekennen – selbst wenn sie sich nicht mit den Meinungen anderer decken – und von seinen eigenen Rechten Gebrauch zu machen, ohne die Rechte anderer Menschen zu schmälern.

Wollen Sie sich selbst behaupten, so brauchen Sie sich nicht darum zu kümmern, ob Ihr Verhalten mit den Vorstellungen anderer Leute darüber, wie Sie sein »sollten«, übereinstimmen. Das ist deren Problem – nicht Ihres.

Sie werden imstande sein, Ihre Gedanken klar und offen zu äußern. Sie werden die Beziehungen, die Freundschaften und den Lebensstil pflegen, die Sie sich wünschen. Sie werden einen Weg finden, mit heiklen Situationen in einer Weise umzugehen, die weder kränkend noch beleidigend wirkt. Sie werden auf Ihre Worte und Handlungen achten. Sie werden Ihre Gedanken und Handlungen kritisch überprüfen und hinterfragen. Sie werden proaktiv sein: das heißt, Sie werden Dinge selbst in Gang bringen, statt sich bloß zurückzulehnen und zuzulassen, daß Dinge mit Ihnen geschehen.

Die meisten Menschen sehen ihren Wünschen und Bedürfnissen nicht ins Auge. Es fällt ihnen sehr schwer, sie zu verwirklichen, und deshalb sind sie verwirrt und fühlen sich unsicher, wenn andere die ihren verwirklichen. Wenn andere sich durchsetzen, sind sie in ihren Gefühlen am Boden zerstört, und ihre Verwirrung und Unsicherheit wachsen ihnen über den Kopf.

Von Kindheit an verbringen wir eine Menge Zeit mit dem bewußten und unbewußten Erwerb von Fertigkeiten, die uns bei der Bewältigung unseres Alltags helfen. Diese erlernten Aktionen und Reaktionen wirken sich auch auf andere aus und bilden die Bausteine unserer Persönlichkeit. Man lernt, daß der Tonfall die Bedeutung von Worten in subtiler Weise verändern kann. Man lernt, ein Lächeln zu gebrauchen. Man lernt, wie entscheidend erste Eindrücke sein können. Vielleicht besitzen Sie ein höheres Maß an Selbstbehauptungskompetenz, als Ihnen bewußt ist. Wenn Sie dennoch das Gefühl haben, auf andere nicht so zu wirken, wie Sie das gerne möchten, dann benötigen Sie einige Fertigkeiten, die Ihnen dabei behilflich sind. Sie müssen Ihre Programmierung und die Konditionierung Ihrer Kindheit verändern.

Der Erfolg im Privatleben, in der Gesellschaft und im Beruf hängt sehr stark von dem ab, was die Leute von uns halten. Manche Menschen scheinen eine besondere Begabung zu haben, mit anderen richtig umzugehen und einen »guten« Eindruck zu machen.

Selbstunsichere Menschen grübeln dagegen über verflossene Ereignisse nach. Lange nachdem die Gelegenheit zu selbstsicherem Auftreten vorbei ist, verschwenden sie Zeit auf die Frage, was sie hätten sagen können. Ein selbstunsicherer Mensch reagiert oft zu heftig auf eine Situation, die er oder sie schwierig findet. Nur zu häufig sind selbstunsichere Menschen in autoritären Familien aufgewachsen. Treffen Eltern ständig Entscheidungen für ihre Kinder, dann werden diese bald das Gefühl haben, ihre eigenen Ansichten seien wertlos, wenn ihre Eltern sie nicht billigen. Umgekehrt kommt ein Kind, das in einer viel zu passiven Umgebung aufgewachsen ist, wo alle seine Meinungen als sakrosankt behandelt wurden, vielleicht zu der Überzeugung, daß die Meinungen anderer nicht zählen. In einem Umfeld hingegen, wo alle das Recht auf eigenes Denken, Fühlen und Wollen haben, entartet das Leben nicht so leicht zu einer Schlacht. Kompromisse kann man auf jeder Ebene finden, und das Leben wird erfreulicher.

In einer selbstunsicheren Beziehung lassen die Beteiligten die anderen ihre Wünsche selten klar erkennen – vielleicht haben sie selbst ihre Bedürfnisse noch gar nicht erkannt. Oft erschaffen sich selbstunsichere Menschen aufgrund der Botschaften, die sie im Laufe ihres Lebens erreicht haben, eine Reihe von Geboten (»Ich sollte ...«). Dann erwarten sie von den anderen (die aber andere Botschaften empfangen haben), daß sich diese ihrem Regelkanon anpassen. Sie werten die anderen ab, stellen sie als ignorant hin und machen ihnen Schuldgefühle, weil sie andere Meinungen haben als sie selbst.

Halten Sie sich vor Augen, daß Sie in einer ehrlichen und selbstbewußten Welt nicht immer Ihren Kopf durchsetzen können und daß die anderen die Welt nicht mit Ihren Augen sehen. Die Leute werden Ihnen nicht immer zustimmen oder Sie automatisch mögen. Aber echte Beziehungen und Freundschaften sind nicht davon abhängig, daß beide in ihrem Denken und Tun in allem übereinstimmen.

Durchsetzungsfähigkeit ist häufig mit Aggressivität in Verbindung gebracht worden, die als »männliche Eigenschaft« galt und zum Teil immer noch gilt. Frauen, die nicht maskulin erscheinen wollten, vermieden deshalb kraftvolles Auftreten, das sie für unattraktiv und unweiblich hielten. Zum Glück ändern sich jetzt die Dinge; nicht nur Männer erwerben das nötige Selbstvertrauen, das ihnen erlaubt, sich in ehrlicher und direkter Weise zu äußern. Auch die Frauen befreien sich aus der Zwangsjacke der viktorianischen Ära.

Wenn Sie die Gefühle kennen, von denen hier die Rede ist, dann sind Sie sicher bereits motiviert, sich zu verändern. Durchsetzungsfähig zu werden ist ein großer Schritt zur Befreiung von selbstsabotierendem Verhalten.

Ihr Tagebuch

Besorgen Sie sich ein Heft, in dem Sie Ihre Fortschritte verzeichnen können. Führen Sie täglich Buch über die neuen Ziele, die Sie sich setzen werden. Schreiben Sie auf, was Sie fühlen, wenn Sie etwas Neues zum ersten Mal ausprobieren, und wie Sie sich fühlen, wenn es Ihnen gelingt. Notieren Sie Ihre Erfolge und Ihre Mißerfolge, und denken Sie immer, wenn etwas nicht ganz nach Ihren Wünschen verläuft, daran, daß jeder Fehler ein Schritt auf dem Weg zum Ziel ist. Sie können aus Fehlern lernen und versuchen, sie in Zukunft zu vermeiden. Und wenn Sie einen Fehler wiederholen – was soll's? Niemand macht alles schon beim ersten und auch nicht beim zweiten Mal richtig.

Illustrieren Sie Ihr Tagebuch, listen Sie die selbstunsicheren Züge auf, die Sie bei sich wahrnehmen, und schreiben Sie dazu, wo sie Ihrer Ansicht nach herkommen. Schreiben Sie über Ihre Träume. Lernen Sie sich und all das kennen, was Sie zu der Person gemacht hat, die Sie heute sind. Seien Sie sich selbst gegenüber ehrlich. Dieses Tagebuch ist einzig und allein für Ihre Augen bestimmt. Es ist eine positive und persönliche Neueinschätzung.

Manche Leute werden einwenden, sie könnten nicht schreiben; und die Vorstellung, ein Tagebuch zu führen, erscheint ihnen so schwierig, daß sie es auf die lange Bank schieben. Diese Angst reicht wahrscheinlich bis in die Schultage zurück, als alles, was Sie schrieben, bewertet wurde. Ihr privates Tagebuch brauchen Sie aber keiner

Menschenseele zu zeigen. Niemand wird es analysieren oder kritisieren. Schreiben Sie, wie die Dinge in der Vergangenheit für Sie gewesen sind, wie Sie das Leben bewältigt haben und wie Sie in Zukunft besser zurechtkommen wollen. Indem Sie all das, was in Ihrem Leben schiefgegangen ist, benennen und durcharbeiten und indem Sie sich mit den Dilemmas und den falschen Ansichten über Sie selbst konfrontieren, können Sie überflüssigen Ballast abwerfen. Lassen Sie sich von Ihrer anfänglichen Befangenheit nicht bremsen.

Je mehr Sie schreiben und auf die Freilegung Ihres wahren Selbst hinarbeiten, desto stärker werden Ihnen die Bilder im Bewußtsein haften bleiben. Gestatten Sie sich täglich eine halbe Stunde zu einer Ihnen genehmen Zeit. (Falls Sie den ganzen Tag über zu beschäftigt sind, dann wenden Sie abends vor dem Schlafengehen eine halbe Stunde auf.) Lassen Sie den vergangenen Tag Revue passieren, und planen Sie das nächste Ziel – sei es, daß Sie einen Fremden anlächeln, jemandem erstmals dezidiert nein sagen oder ein Kompliment liebenswürdig entgegennehmen. Es stimmt zwar, daß wir vor allem aus den Dingen lernen, die wir tun, aber wir können auch aus unseren Gedanken und unseren Träumen lernen. Denken Sie über Ihre nächtlichen Träume nach, und erschaffen Sie sich Tagträume. In Träumen, im Nachdenken und Planen können Sie neues Verhalten im voraus erproben. Und wenn Sie das neue Verhalten dann einmal benötigen, werden Sie es innerlich bereits geprobt und vervollkommnet haben. Auch wenn Sie etwas nicht sofort richtig machen – üben, üben, üben Sie! (Auf die Traumarbeit werde ich im 11. Kapitel noch näher eingehen.)

Selbstunsichere Verhaltensweisen

Vermeidungsverhalten

Vermeidungsverhalten entsteht aus Furcht vor der Reaktion der andern; man geht einer ehrlichen Meinungsverschiedenheit aus dem Weg. Wer sich Vermeidungsverhalten angewöhnt hat, stimmt allem und jedem zu und hat wenige originelle eigene Meinungen oder Ideen. Er sieht über jede Schmälerung seiner eigenen Rechte hinweg. Diese Menschen sind im allgemeinen unentschlossen und nachgiebig, sie werden von anderen manipuliert und schließen sich oft der Mehrheit oder einer mächtigen Gruppe an, ohne im Grunde deren Auffassung zu teilen. Greift man sie an, machen sie Ausflüchte. Ihre Gefühle von Ungerechtigkeit halten sie häufig in ihrem Inneren verschlossen.

Aggressives Verhalten

Aggressives Verhalten ist oft das Ergebnis angestauter Wut. Wenn wir uns ignoriert, betrogen oder ausgenutzt fühlen, reagieren wir häufig mit kindischem Zorn oder Gekränktheit und neigen zu Wutausbrüchen oder platzen mit ärgerlichen Worten heraus, die der Situation nicht angemessen sind. Die anderen werden solche Situationen wenn immer möglich meiden. Sie schweigen vielleicht, um einem Ausbruch zuvorzukommen. Ihr Schweigen gibt dem Aggressiven das Gefühl von Selbstsicherheit und Kontrolle, und er merkt nicht, daß in Wirklichkeit das Gegenteil zutrifft.

Für aggressive Menschen ist es oft schwieriger, zuzugeben, daß sie der Hilfe bedürfen, da sie es gewohnt sind, die Situation im Griff zu haben. Eine Beziehung, die auf der Aggressivität eines Beteiligten beruht, ist ungesund und wird üblicherweise immer schlechter, solange sich der aggressive Partner nicht aktiv um Änderung bemüht. Falls Sie vermuten, daß das für Sie zutreffen könnte, stellen Sie sich folgende Fragen:

- Lassen sich andere selten auf Diskussionen mit Ihnen ein?
- Haben sie das Gefühl, in Diskussionen gewöhnlich zu obsiegen?
- Haben sie den Eindruck, zu Hause und an Ihrem Arbeitsplatz das Heft in der Hand zu haben?

Falls die Antworten auf diese Fragen ja lauten, ist es durchaus wahrscheinlich, daß Sie die Menschen in Ihrer Umgebung vor den Kopf stoßen. Diese werden entweder den Versuch machen, es Ihnen irgendwann in der Zukunft »heimzuzahlen«, oder sie werden sich einfach von Ihnen zurückziehen. Die Entfremdung von Ihnen nahestehenden Menschen ist der Preis dafür, daß Sie stets die Oberhand behalten. Glauben Sie, daß es sich lohnt, ihn zu bezahlen? Es geht also darum, sich selbst zu behaupten, ohne dafür mit dem Verlust von Beziehungen bezahlen zu müssen.

Traurigerweise richtet sich diese aggressive Wut oft gegen jemand, der Ihnen kaum etwas getan hat. Häufig ist es der eigene Partner oder ein unschuldiges Kind, an denen die ganze Wut ausgelassen wird und die als Sündenbock dienen. Der in diesen Momenten der Maßlosigkeit entfesselte Zorn und die Summe der angestauten Frustration, des Selbstzweifels und geringen Selbstwertgefühls sind wie ein Dämon. Ihre Frustration muß abgebaut werden, damit Ihre Wut und Ihre übermäßige Aggressivität nachlassen, bis Sie einen Zustand der Gelassenheit erreicht haben.

Aggressive Menschen, die forsch und arrogant auftreten, scheinen ein starkes Selbstwertgefühl zu haben. In Wirklichkeit aber versuchen sie krampfhaft, ihre wahren Gefühle vor den andern (und übrigens auch vor sich selbst) zu verbergen. Innerlich fühlen sie sich genauso schlecht wie das stille Mäuschen, das in der Ecke sitzt und nicht wagt, den Mund aufzumachen und eine Meinung zu äußern.

Angepaßtes Verhalten

Angepaßtes Verhalten wird häufig mißdeutet. Es kann andere dazu verleiten, Sie zu übervorteilen. Wahrscheinlich kennen Sie den Ausspruch: »Wer sich zum Fußabstreifer macht, auf dem wird herumgetrampelt.« Genau dazu neigen selbstunsichere Menschen. Mit ihrem angepaßten Verhalten vermeiden sie jede Reibung. Sie lassen die anderen im unklaren über ihre Gefühle und werden deshalb oft mißachtet oder völlig ignoriert. Menschen, die dieses Verhalten an den Tag legen, erleben häufig, daß man ihnen Aufgaben aufbürdet, die sie eigentlich nicht übernehmen wollten. Führungskräften mit diesem Verhaltensmuster fällt es sehr schwer, ihren Untergebenen oder Kollegen etwas abzuschlagen bzw. ihnen gegenüber entschieden aufzutreten. Deshalb ist es ihnen beinahe unmöglich, diese zu korrigieren, wenn sie etwas falsch machen – ein eindeutiges Beispiel für mangelndes Durchsetzungsvermögen. Konfliktvermeidung ist das Hauptziel des angepaßten Verhaltens.

Je älter wir werden, desto schwieriger wird es, uns zu ändern – aber es ist nie zu spät. Die Schwierigkeit besteht darin, daß Änderungen Mut erfordern. Oft erscheint es einfacher und bequemer, in alten Gewohnheiten zu verharren, selbst wenn sie uns Fesseln auferlegen und uns hemmen.

Wenn ich zum Beispiel etwas nicht verstehe, läßt vielleicht eine andere Person durchblicken, daß ich dumm sei. Dabei ist es völliger Unsinn, wenn ich mir einbilde, ich müßte alles restlos verstehen. Die Wahrscheinlichkeit ist überaus groß, daß es auch andere gibt, die manches nicht verstehen. Wenn man also etwas nicht versteht, ist es ein Zeichen von Selbstsicherheit, das zuzugeben. Irgend jemand wird immer gern bereit sein, sein »überlegenes« Wissen zu demonstrieren. Die anderen, die auch nicht mitgekommen sind, werden erleichtert sein, eine weitere Erklärung zu hören – und das vielleicht sogar zugeben, sobald Sie das Eis gebrochen haben.

Ehrlich sein bedeutet auch, nicht vorzugeben, Dinge zu mögen, von denen man meint, man sollte sie mögen. Heuchelei hilft niemandem. Aufrichtigkeit ist immer als solche erkennbar. Wenn Sie Ihr Leben so führen möchten, wie es Ihnen zusagt, dann entscheiden Sie, was Sie mögen und was nicht.

Viele befürchten, man werde sie, wenn sie nicht alles billigen, was andere tun, nicht mehr mögen. Aber das ist eine schülerhafte Haltung. Logischerweise finden nicht alle Erwachsenen dieselben Dinge gut. Wir haben nicht alle dieselben Wünsche und Bedürfnisse. Wir können unmöglich mit jedem Menschen auf dieser Welt übereinstimmen. Kooperation und Kompromiß sind niemals davon abhängig, daß man mit allem und jedem einverstanden ist.

Ein selbstsicherer Mensch braucht sich dafür, daß er etwas tut oder unterläßt, nicht zu rechtfertigen. Indem Sie sich rechtfertigen, lassen Sie durchblicken, daß Ihre Handlungen oder Worte nicht gut genug sind. Halten Sie sich auch vor Augen, daß Sie das Recht haben, Fehler zu machen. Zu Unrecht stärken die andern ihr Selbstvertrauen dadurch, daß sie Ihnen das Gefühl von Wertlosigkeit geben, weil Sie einen Fehler gemacht haben. Ein selbstsicherer Mensch läßt das nicht zu. Wie bereits erwähnt, kann es so etwas wie eine fehlerfreie Existenz gar nicht geben.

Eine selbstsichere Person braucht nicht die Verantwortung für die Lösung aller Probleme der Welt zu übernehmen. Vielleicht versucht jemand, Sie zu manipulieren, indem er Sie um einen Gefallen bittet. Angenommen, eine

Freundin bittet Sie, ihren Sohn von der Schule abzuholen, und Sie würden dabei eine wichtige Zusammenkunft versäumen. Sie werden ihr deshalb erklären, daß das für Sie schwierig sei. Ihre Manipulatorin wird Ihnen entgegnen: »Aber dann wird der kleine Jimmy auf den Schulstufen sitzen, bis ich von der Arbeit komme.« Ein selbstunsicherer Mensch wird sich in diesem Augenblick von Schuldgefühlen überwältigen lassen und die Verantwortung für das Kind dieser Frau übernehmen. Aber das ist weder Ihr Problem, noch liegt es in Ihrer Verantwortung.

Ein selbstsicherer Mensch mag heute zu einem bestimmten Thema eine andere Meinung haben als letzte Woche. Ein manipulatives Gegenüber wird vielleicht versuchen, ihm Schuldgefühle aufzuladen, indem er oder sie ihn daran erinnert, daß er früher etwas anderes sagte. Wenn neue Erkenntnisse dies verlangen, haben Sie und jeder andere aber durchaus das Recht, Ihre Meinung zu ändern, flexibel oder sogar inkonsequent zu sein. Es gibt kein Gesetz, das vorschreibt, daß frühere Äußerungen für alle Ewigkeit in Stein gemeißelt bleiben müssen.

Sie haben das Recht, sich durchzusetzen

Im Lauf der Jahre haben verschiedene PsychologInnen einen Katalog menschlicher Grundrechte ausgearbeitet, der nachstehend angeführt ist. Ich bin sicher, daß Ihnen ein paar weitere einfallen werden, sobald Ihnen der Grundgedanke klar ist. Schreiben Sie sie in Ihr Tagebuch, und lesen Sie sie durch, sobald Sie sich nicht sicher sind, wie Sie mit einem Problem umgehen sollten.

Dies sind Ihre Rechte:

- Sie haben das Recht, um das zu bitten, was Sie wollen (und Sie müssen akzeptieren, daß der andere das Recht hat, Ihre Bitte abzulehnen).
- Sie haben das Recht, zu sagen: »Das ist mir gleichgültig.«
- Sie haben das Recht, unlogisch zu sein und sich nicht rechtfertigen zu müssen.
- Sie haben das Recht, Ihre eigenen Entscheidungen zu treffen und die Konsequenzen zu tragen.
- Sie haben das Recht, zu wählen, ob Sie für die Lösung der Probleme anderer Leute verantwortlich sein wollen oder nicht.
- Sie haben das Recht, etwas nicht zu wissen oder nicht zu verstehen.
- Sie haben das Recht, Fehler zu machen.
- Sie haben das Recht, erfolgreich zu sein.
- Sie haben das Recht, Ihre Meinung zu ändern.
- Sie haben das Recht auf Privatsphäre.
- Sie haben das Recht, allein und unabhängig zu sein.
- Sie haben das Recht, sich zu ändern und durchsetzungsfähiger zu werden.
- Sie haben das Recht, selber ja oder nein zu sagen.
- Sie haben das Recht, Ihre Meinungen zu äußern.

Wenn wir diese Rechte für uns in Anspruch nehmen, müssen wir sie konsequenterweise auch den andern zugestehen.

Kapitel 2

Was steht hinter den Ängsten, die Sie hemmen?

Haben Sie eine Ahnung, was sich hinter den Ängsten verbirgt, die Sie davon abhalten, in Ihrem Leben voranzukommen? In den meisten von uns wogt ein Kampf zwischen den Extremen der Selbstliebe und des Selbsthasses. Das trifft für die Reichen und Berühmten ebenso zu wie für die Armen und Unbekannten, für die Extravertierten ebenso wie für die Introvertierten; das gilt für alle jene, von denen Sie glauben, sie strotzten vor Selbstvertrauen, ebenso wie für die verhuschten und duckmäuserischen Typen, denen es offensichtlich an Selbstvertrauen fehlt. Es gilt für mich, und ich bin ziemlich sicher, daß es auch für Sie gilt.

Alle unsere Erfahrungen, die Kritik, die Abwertungen, die negativen und positiven Urteile, denen wir im Lauf der Jahre unterworfen waren, haben uns zu dem gemacht, was wir heute sind. Man lobt uns, wenn man unser Verhalten für »lobenswert« hält, und wir werden mit liebevollen Blicken und unterstützenden Handlungen anerkannt. Das Verhalten, das wir als kleine Kinder gelernt haben, verändert sich später noch etwas unter dem Einfluß unserer AltersgenossInnen und LehrerInnen in der Schule; es ist aber niemals zu spät, neue Fertigkeiten zu erlernen, denn das Persönlichkeitswachstum ist mit der Schule nicht zu Ende, sondern geht weiter.

Das normale Familienleben hinterläßt in unserem Kopf die verschiedensten »Schallplatten«, die uns für den Rest unseres Lebens martern können. »Kinder sollte man sehen und nicht hören«, »Sie müssen sprechen, wenn man sie anspricht« und »Sie haben sich zu benehmen, wie es ihre Eltern anordnen, und nicht, wie diese sich benehmen«. Man ermahnte uns, »die andere Wange hinzuhalten«, und erinnerte uns daran, daß »den Sanftmütigen einst die Erde gehören wird«. Und wie oft wurde einem gesagt, man müsse »seinen Platz im Leben kennen«? Obwohl die Aufteilung der Gesellschaft in Klassen und soziale Schichten durchlässiger geworden ist, trifft es immer noch zu, daß Geld, Privilegien und Bildung mit einem gewissen Maß an Selbstsicherheit und Durchsetzungsvermögen einhergehen. Da die meisten von uns nicht aus einem solchen Milieu stammen, treten wir, von unserer Erziehung dazu dressiert, schüchtern und gehemmt auf.

Gehemmte, brave Kinder, die sich lautlos anpassen und nichts in Frage stellen, belohnt man, während die »Aufmüpfigen« heruntergemacht, bestraft oder gedemütigt werden. Kinder werden getadelt, wenn sie einen starken Willen und eigene Ideen haben. Schon der Säugling in der Wiege, der still ist und nicht protestiert, wird mit Lächeln, Streicheln und sanfter, ermunternder Stimme belohnt. ÄrztInnen, PsychiaterInnen und ErzieherInnen sind sich im allgemeinen darüber einig, daß sich viele unserer Persönlichkeitsmerkmale in den ersten Lebensmonaten entwickeln. In späteren Jahren wird unsere Persönlichkeit von Faktoren wie unserer Stellung in der Familie, unserem Geschlecht und, wie vielen von uns schmerzhaft bewußt ist, durch Bevorzugung bzw. Benachteiligung seitens der Eltern oder älteren Geschwister geprägt.

In unseren Schulen erleben wohlmeinende LehrerInnen in ihrem Bemühen, alle Kinder gleich zu behandeln, die verschiedensten Reaktionen. Eine einfache Bemerkung wie »Bitte mach deine Aufgaben«, an ein Kind gerichtet, das unter dem Pult in einem Comic-Heft liest, kann bei verschiedenen Kindern unterschiedliche Reaktionen auslösen. Das eine Kind wird die Lehrerin vielleicht für unfair halten. Es wird bocken oder ein paar Tränen vergießen. Ein Junge denkt möglicherweise, man habe es auf ihn »abgesehen«, weil er weiß, daß sein Freund ebenfalls liest und nicht entdeckt wurde. Er wird sich wahrscheinlich verteidigen und seinem Freund unter dem Tisch einen Tritt versetzen. Ein anderes Kind errötet vielleicht, empfindet Schuldgefühle, entschuldigt sich und verspricht, es nie wieder zu tun. Wieder ein anderes, raffinierteres Kind mag vorbringen, das Heft habe einen »erzieherischen Wert«. Und ich bin sicher, wir alle kennen jemanden, der in Tränenströme ausbrach, wenn der Lehrer seine Stimme erhob. Die Liste der Reaktionen ist endlos. Programmiert durch die Konditionierung der frühen Kindheit, entwickeln wir alle unsere eigenen Reaktionsmuster in bestimmten Situationen.

In der Vergangenheit haben die LehrerInnen ohne böse Absicht die Spontaneität der Kinder ständig unterdrückt, indem sie das bescheiden auftretende Kind belohnten und diejenigen bestraften, die Initiative und Neugier an den Tag legten oder sich gegen das System auflehnten. Vor nicht allzu langer Zeit erst wurden körperliche Strafen in der Schule (zum Beispiel Schläge mit dem Lineal oder dem Rohrstock) verboten. Leider ist noch viel von dem seelischen Schaden, den diese anrichteten, in der Gesellschaft vorhanden. Doch immer mehr Menschen haben inzwischen begriffen, daß man »den Teufel zwar in jemand hineinprügeln kann, aber daß es schwieriger ist, ihn wieder herauszuprügeln«.

Auch Kinder, die das Glück hatten, daß ihr selbstsicheres Verhalten zu Hause bewundert und gelobt wurde, mußten manchmal erleben, daß sie verurteilt wurden, sobald sie das Klassenzimmer betraten – nicht nur von den LehrerInnen, sondern auch von ihren AltersgenossInnen. Die Spontaneität im Lernen ist zu dem Zeitpunkt, an dem wir als unabhängige Menschen ins Leben hinaustreten, oft schon aus uns hinausdressiert worden. Viele Menschen ziehen ihre eigenen Kinder mit der gleichen Strenge auf, mit der sie selber erzogen wurden – und erkennen nicht, was sie damit anrichten. Auf diese Weise werden unsere gesellschaftlichen Strukturen verewigt.

Zu dem Zeitpunkt, an dem junge Menschen bereit sind, in die Welt hinauszutreten, sind ihre Verhaltensmuster oft bereits stark deformiert. Wenn diese selbstunsicheren Jugendlichen eine Stelle annehmen, fühlen sie sich verpflichtet, allem zuzustimmen, was ihre Arbeitgeber sagen. Sie haben oft Angst, für sich selbst einzutreten; selbst wenn sie wissen, daß ihnen Unrecht getan wurde, fehlt es ihnen zu sehr an Selbstvertrauen, um sich zu wehren und für sich Ansprüche zu erheben. Wenn es ihnen gelingt, einen Arbeitsplatz zu finden und ihn längere Zeit zu behalten, dann müssen sie früher oder später um eine Gehaltserhöhung bitten. Dies fällt selbstunsicheren Menschen besonders schwer, weil sie Angst haben, abgewiesen zu werden. Sie halten den Mund. Sie bekommen die Lohnerhöhung nicht, und so sinkt ihr Selbstwertgefühl weiter ab.

Junge Menschen, die ihre berufliche Laufbahn beginnen und dabei feststellen, daß die neuen Erfahrungen nicht mit dem übereinstimmen, was sie als akzeptiertes Verhalten gelernt haben, geraten leicht in Panik. Sie beobachten andere genau und versuchen, sich anzupassen, damit sie Anklang finden. Sie verändern ihre Kleidung, ihre Sprache und ihr Verhalten, um sich in die neue Umgebung einzufügen. Natürlich reagiert nicht jeder gleich. Manche merken, daß sie massive Reaktionen provozieren, wenn sie Verhaltensweisen, die nicht auf Billigung stoßen, noch etwas überziehen. Diese Art, sich zu präsentieren, kann ihnen Auftrieb geben. Sie haben dann vielleicht das Gefühl, auf diese Weise für sich einzutreten oder andere von ihrem Standpunkt zu überzeugen. Aber oft wird dieses Verhalten schließlich antisozial. Gute Beispiele dafür sind manche Skinheads oder Hell's Angels, die sich auf unkonventionelle Weise kleiden, sich einen Teufel um Konventionen scheren, bizarre Verhaltensweisen an den Tag legen und ihre eigenen Sprachcodes entwickeln. Andere gehen Situationen aus dem Weg, in denen sie Konflikte oder Mißbilligung befürchten. Dieses Vermeidungsverhalten ist ebenfalls wenig erfolgversprechend. Man gräbt sich eine immer tiefere Grube mangelnder Selbstbehauptung, aus der wieder herauszukommen zunehmend schwieriger wird.

Manche selbstunsicheren Menschen meinen, die Lösung bestehe darin, zu lügen. Wegen ihrer geringen Selbstachtung haben sie Angst davor, sich ehrlich zu äußern. Sie befürchten, abgelehnt oder heruntergemacht zu werden, wenn sie ehrlich sind. Diese Menschen erzielen kurzfristig begrenzte Erfolge, weil Fremde ihren Worten glauben und von ihnen beeindruckt sind. Ihr Ego wird vielleicht ein paar kostbare Augenblicke lang befriedigt, aber das wird in der Regel nur kurze Zeit dauern. Die andern verlieren nämlich, sobald sie dieses Verhalten durchschauen, den Respekt vor ihnen und damit auch die Lust, die Freundschaft fortzusetzen. Wer sich nicht ehrlich äußert, riskiert aslo, zuletzt an zwei Fronten zu verlieren.

Dazu kommen geschlechtsspezifische Unterschiede in der Erziehung. Von Frauen wird zum Beispiel im allgemeinen immer noch erwartet, daß sie mehr im Haushalt arbeiten als die Männer. Auch diese Klischeevorstellungen verändern sich, aber viele Menschen spielen unbewußt in ihren Köpfen immer noch die Schallplatten aus ihrer Kindheit ab. Diese Schallplatten sagen ihnen, daß Hausarbeit für Jungen »unmännlich« sei. Die Folge ist, daß sie ihren Söhnen viel mehr durchgehen lassen. Schallplatten wie »Männer sind nun mal so«, »Eine junge Dame tut das nicht« und »Das ist Frauenarbeit/Männerarbeit« hört man immer wieder. Ohne daß wir es bemerkten, wurden wir auf bestimmte Verhaltensweisen programmiert. Die Folge davon ist, daß viele Frauen und auch manche Männer zu passiv sind. Sie gestatten anderen (gewöhnlich ihren Partnern), sie zu erniedrigen. Sie machen es ihren Partnern leicht, sie als BürgerInnen zweiter Klasse zu behandeln. Allzu viele Männer glauben immer noch, es sei völlig in Ordnung, mit ihren Partnerinnen so umzuspringen. Daß er unter dem Pantoffel einer Frau stehe, ist ungefähr das Beleidigendste, was man einem Mann nachsagen kann. Und all das bloß deshalb, weil er dabei ertappt wurde, wie er sich anerbot, einmal das Geschirr zu spülen!

Selbstsicheres Verhalten hilft den Menschen, einander als gleichrangig zu behandeln – nämlich so, wie wir selbst gern behandelt werden wollen und wie es das Sprichwort, »Was du nicht willst, daß man dir tu, das füg auch keinem anderem zu«, so treffend ausdrückt.

Die Familie

Häusliche Situationen und die manchmal komplizierten familiären Beziehungen haben einen enormen Einfluß auf das künftige Verhalten der Kinder: In großen Familien mit vier oder mehr Kindern kommt es häufig vor, daß ein Kind – in der Regel das älteste Mädchen – aus schierer Notwendigkeit die Rolle der Ersatzmutter übernimmt. Andere Familienmitglieder befinden sich in einer anderen Situation. Jungen und jüngere Mädchen genießen häufig mehr Freiheit.

> Eine junge Frau, Lynda, erzählte mir, daß ihr schon im Alter von acht Jahren die Rolle der »Ersatzmutter« zugefallen sei! Ihre Mutter bekam nach ihr noch fünf weitere Kinder. Sie hatte zwar einen älteren Bruder, aber weder er noch die jüngeren Geschwister halfen im Haus, abgesehen von ein paar Handgriffen, um den Schein zu wahren. Sie tat automatisch, was sie für ihre Pflicht hielt; aber jetzt, da sie sich auf eine Beziehung eingelassen hatte, in der sie geradezu als Sklavin behandelt wurde, erkannte sie, daß sie Änderungen vornehmen mußte, wenn sie auch nur im mindesten respektiert werden wollte. Es war klar, daß das ermunternde Lob der Eltern und anderer Familienmitglieder ihr das Gefühl gegeben hatte, sie sei in ihrer Hausfrauenrolle wirklich wichtig. Später begann sie, ihren Angehörigen die Art und Weise, wie man sie behandelt hatte, zu verübeln. Doch als sie sich zu befreien versuchte, traten so viele Probleme zutage, daß sie ihre Versuche einstellte und sich damit abfand, allen gefällig zu sein und als deren Hausmagd zu dienen. Es war einfach problemloser.

Als sie schließlich den Mut aufbrachte, sich von ihrer Familie zu lösen, begründete sie einen Hausstand mit jemandem, der in vieler Hinsicht ihrem Vater glich. Ganz von selbst geriet sie wieder in die Rolle derjenigen, die es allen recht machte. Es war ihre zweite Natur. Erst später, als sie mit anderen Frauen über ihre Beziehungen sprach, begann sie zu erkennen, daß sie mit der Situation nicht richtig umging. Als ich sie kennenlernte, fing sie gerade an, aus der Fallgrube mangelnder Selbstbehauptung, die sie sich selbst gegraben hatte, herauszuklettern und eigene Ansprüche zu stellen.

Kinder, die Geschwister des anderen Geschlechts haben und in einer eher traditionellen Familie aufwachsen, bekommen bald klar umrissene Rollenunterschiede mit. Mädchen sehen ihre Mutter Tag für Tag nähen, kochen und andere Hausarbeiten verrichten. Sie merken, daß sie die fürsorgliche, unterstützende und nährende Rolle ausfüllt und daß sie ihre wichtigste Aufgabe darin sieht, den Vater zufriedenzustellen. Der Junge merkt, daß sein Vater in einer besonderen Weise behandelt wird. Und so lernt er, diese Art von Behandlung auch für sich zu erwarten. Er lernt, daß der Vater der Zuchtmeister der Familie ist und daß sich die Mutter sanfter und nachgiebiger verhält. Er sieht, daß sich sein Vater um die Finanzen kümmert und die Rechnungen bezahlt. Er wächst in der Erwartung auf, in diesen Dingen ebenfalls das Sagen zu haben. Natürlich ist jede

Familie anders, aber es ist leicht zu erkennen, daß diese Verhaltensmuster ganz von selbst in unser Unbewußtes hinabgleiten, ohne daß wir dabei etwas zu tun brauchten.

In Davids Familie wurde der Vater wie ein Halbgott behandelt. Sobald sich sein Auto der Garage näherte, begann die Mutter, herumzuwuseln und letzte Hand an den gedeckten Tisch anzulegen; rasch brachte sie ihre Frisur in Ordnung und trug etwas Lippenstift auf. Die Gesichter der Kinder wurden saubergewischt, und sobald Vater seinen Mantel abgelegt hatte, erschien sein Abendessen wie durch Zauberhand dampfend auf dem Tisch. Das entsprach den Erwartungen des Vaters, und David wuchs mit den gleichen Erwartungen für sich selbst auf. Seine erste Frau war nicht bereit, ihn mit solchem »Respekt« zu behandeln, und seine zweite Frau auch nicht. Erst als er sich in Psychotherapie begab und Männer und Frauen als gleichberechtigt zu akzeptieren begann, traten Änderungen in seiner Einstellung ein.

Barbara wuchs in einem ähnlichen Haushalt auf. Sie haßte die Unterwürfigkeit, mit der ihre Mutter ihren Vater behandelte und allen seinen Äußerungen zustimmte. Sie haßte es, daß ihre Mutter niemals eigene Meinungen äußerte oder für sich selbst eintrat. Sie schwor sich, sie werde anders sein, aber als sie nach sechsjähriger Ehe merkte, daß sie den Wünschen ihres Mannes ständig nachgab – speziell seinem Wunsch, daß sie zu Hause blieb, während sie in Wirklichkeit einen Beruf ausüben und mehr vom Leben sehen wollte; als sie zum x-ten Mal eine Diät machte, weil er gesagt hatte, daß sie etwas zu rundlich werde; als sie merkte, daß sie abends ständig die Uhr im Auge behielt, damit alles »tipptopp« sei, wenn er die Wohnung betreten würde; und, das war das Schlimmste, als sie merkte, daß sie mit ihm ins Bett ging, auch wenn sie gar keine Lust dazu hatte –, entschied sie, daß das Maß voll sei. Sie hatte ihre Identität und ihr Selbstvertrauen verloren. Barbara schien sich in ihrer Ehe irgendwann aufgelöst zu haben, sie hatte ihre Individualität verloren. Die Programme in ihrem Kopf waren stärker als alle Ideale und als ihre Abneigung gegen die Verhaltensweisen ihrer Mutter. Sie brachten sie dazu, auf eine Weise zu handeln, die sie eigentlich gar nicht wollte. Sobald ihr klar wurde, was geschehen war, meldete sie sich zu einem Selbstsicherheitstraining an, das sie in der Zeit unterstützen würde, da sie versuchte, die Änderungen vorzunehmen, die nötig waren, um ihre Identität und damit schließlich ihre Selbstachtung wiederzugewinnen.

Starre Verhaltensregeln, die nie hinterfragt wurden, können dem Betreffenden ein klares Weltbild vermitteln und ihn mit Selbstvertrauen erfüllen, weil er zu wissen glaubt, welcher Platz ihm in der Welt zusteht. Aber sie können auch die

Selbstachtung eines Menschen beschädigen, indem sie seine Vitalität aufzehren und keinen Raum für Originalität lassen.

Manche Väter verhalten sich wie in Straflagern geschulte Zuchtmeister; sie bestimmen und bewerten Hausarbeiten, die die Kinder zu übernehmen haben. Manche Mütter verweigern ihren Kindern die Erlaubnis, bestimmte Sendungen zu sehen, und sie geben ständig ihre Kommentare ab über die Freunde ihrer Kinder. Eltern, die lächerlich rigorose Schlafenszeiten erzwingen und von ihrem Kind untadelige Tischmanieren und geschliffene Konversation erwarten, wirken prägend auf seine Persönlichkeit ein. Kinder aus solchen Familien werden ständig versuchen, den Maßstäben der anderen zu entsprechen. Sie werden damit Befremden auslösen und sich in ihrer Haut nicht wohl fühlen. In solchen Familien werden Jungen in der Regel etwas härter behandelt. Viele leben deshalb in ständiger Angst davor, was ihr Vater tun wird, wenn sie sich danebenbenehmen (und häufig macht der Vater seine Strafandrohungen in verschiedenster Weise wahr). Doch letztlich scheinen sie mehr Freiheit zu genießen als die Töchter, die nicht so streng behandelt werden. Die Mädchen wachsen nämlich in der Erwartung auf, daß alle ihre Handlungen kritisch gemustert werden. Sie sind sich jeder Geste bewußt – wie sie sitzen, wie sie gehen, wie sie stehen. Sie ahmen Mutters unterwürfiges Verhalten nach und bemühen sich ständig um Anerkennung. Sie lernen, zu schmollen und die Süßes-kleines-Mädchen-Nummer abzuziehen, was meist auch zu funktionieren scheint.

Hanna und Martin hatten zwar despotische, aber gutherzige Eltern. Als Hanna vier und ihr Bruder fünf Jahre alt war, wurde ein Familienurlaub geplant. Wie es ihrer Reglementierungssucht entsprach, hatte die Mutter Urlaubskleidung, Bücher und Badesachen der Kinder auf deren Betten ausgebreitet und die kleinen Koffer danebengestellt, damit diese schon so »erwachsenen« Menschlein ihre Sachen selbst packen konnten. Martin schloß sein Köfferchen als erster. Schnaufend und keuchend schleifte er es an den oberen Treppenabsatz. Er bat seinen Vater, ihm beim Hinuntertragen zu helfen, aber der antwortete: »Na los, du bist jetzt ein Mann – kein Waschlappen. Trag ihn selber runter.« Mit Tränen in den Augen schleifte Martin den Koffer die Treppe hinunter.

Ein paar Augenblicke später erschien Hanna am Treppenabsatz und verkündete mit kokettem Augenaufschlag: »Ich brauche einen großen, starken Mann, der mir hilft.« Ihr Vater warf einen Blick auf die Mutter, lächelte und sagte: »Wie kann ich dem widerstehen?« Er eilte hinauf und trug sie samt ihrem Koffer die Treppe hinunter.

Martin lernte, niemals um Hilfe zu bitten. Er weigerte sich sogar, nach dem Weg zu fragen, wenn er die Orientierung verloren hatte. Er *mußte* den Weg selbst finden, oder er hatte das Gefühl, sein Gesicht zu verlieren. Und Hanna gewöhnte sich an, die Süßes-kleines-Mädchen-Nummer reflexartig abzuziehen. Dieses Muster wiederholte sich auch in ihren Beziehungen. Sie merkte, daß es ihr half, ihren Willen durchzusetzen. Aber diese Masche zieht gewöhnlich nicht lang. Nach mehreren gescheiterten Beziehungen mußte sie sich fragen, ob sie nicht mehr Verantwortung für sich übernehmen sollte. Sie arbeitete hart an direkteren Methoden zur Erreichung ihrer Ziele und schuf sich mit der Zeit ausgewogenere und gesündere Beziehungen.

Botschaften aus unserer religiösen Sozialisation, die wir im Lauf unserer Entwicklung unbewußt in uns aufgenommen haben, lehrten uns, daß Eigenschaften wie Bescheidenheit, Selbstlosigkeit und Opferbereitschaft unvereinbar sind mit dem Gefühl für seinen eigenen Wert, dem Selbstvertrauen und der Fähigkeit, für sich selber einzutreten.

Die Institutionen unserer Gesellschaft haben uns beigebracht, uns zu schämen, wenn wir unsere Rechte verteidigen und uns ohne Schuldbewußtsein gut fühlen. Sie verstärken tiefsitzende Ängste vor unerwarteten oder kontroversen Meinungsäußerungen. Diese Programmierung hat die Kreativität vieler intelligenter und fähiger Menschen eingeschnürt. Sie hat sie bei der Arbeit und in gesellschaftlichen Situationen gehemmt. Und vor allem hat sie der Entwicklung gesunder, liebevoller persönlicher Beziehungen riesige Hindernisse in den Weg gelegt.

Tief in unserem Unbewußten vergrabene Erinnerungen an Scham oder Kränkung, als in unserer Kindheit schlichte Bitten abgelehnt wurden, halten uns davon ab, heute Bitten zu äußern. Wir haben Angst davor, daß unsere Bitten zurückgewiesen werden könnten, und wir übertreiben die dadurch ausgelösten Gefühle. Wir projizieren diese Gefühle auch auf andere, und so kommt es, daß wir häufig befürchten, unsere Bitte könnte jemanden in Verlegenheit bringen, der vielleicht keine Lust hat, unsere Wünsche zu erfüllen.

Tief verinnerlichte Botschaften befehlen uns, uns zurückhaltend zu benehmen. Oft macht uns die Vorstellung angst, wir würden jemandem zu nahe treten, indem wir ihn um etwas für uns selbst bitten. Wie oft haben Sie Leute sagen hören: »Ach, das würde ich nicht fertigbringen, ihn um dies oder jenes zu bitten!« – »Er würde wütend werden, sich aufregen, sich ärgern oder beleidigt sein.« – »Sie würde ausrasten!« – »Sie würde an die Decke gehen!« oder: »Sie würde mich zur Schnecke machen.«

Fragen Sie sich ehrlich – woher in aller Welt wissen wir, wie jemand anderer reagieren wird? Die Antwort lautet schlicht und einfach: *Wir wissen es nicht.* Wir vermuten es. Wir versuchen, die Gedanken anderer zu lesen, und oft irren wir uns dabei. Wenn wir nicht fragen und die Antwort abwarten, können wir es einfach nicht wissen. Deshalb müssen wir fragen und lernen, mit den Antworten umzugehen, statt uns von vornherein die Hände zu binden. Vergessen Sie nicht, immer positiv zu denken.

Es gibt unzählige Faktoren, die unsere Entwicklung beeinflussen. Die Art, wie Ihre Eltern bzw. nahe Angehörige Sie früher behandelten, hat einen enormen Einfluß auf Sie.

Wurden Sie geliebt, so wie Sie waren; oder wollte man, daß Sie anders würden? Wurden Sie ständig kritisiert und niemals gelobt, oder hat man Sie mehr gelobt als kritisiert? Wurden Sie so sehr gelobt, daß es Ihnen peinlich war? Oder in einer Weise, daß Sie sich für unbesiegbar hielten? Wurden Sie ständig mit anderen verglichen? Haben Ihre Eltern praktiziert, was sie predigten? Oder haben sie anders gehandelt, als sie es von Ihnen erwarteten? Waren Ihre Eltern glücklich oder unglücklich? Hatten sie eine positive oder negative Einstellung zum Leben? War ihre Beziehung gleichberechtigt? Konnten sie gut miteinander kommunizieren? Wie sind sie miteinander umgegangen? Haben Ihre Eltern eine Fassade vor der Welt aufrechterhalten und zu Hause andere Seiten gezeigt, oder gab es da keine Widersprüche?

Führten Sie ein Leben in Geborgenheit, oder wurden Sie ständig ins Rampenlicht gedrängt? Wurden Sie gezwungen, gesellig zu sein oder zu konkurrieren? Hat es während Ihrer Kindheit viele Veränderungen gegeben? Sind Sie in einer religiösen Familie aufgewachsen? Falls ja, hat Ihnen Ihre Religion eine positive Einstellung zu sich selbst vermittelt oder Ihnen das Gefühl gegeben, sündig zu sein? Waren Ihre Religionslehrer optimistisch oder pessimistisch? Wurde den Männern mehr Verantwortung aufgebürdet als den Frauen? Wie war Ihre Stellung in der Familie? Waren Sie ein Einzelkind? Waren Sie das älteste, das jüngste oder in der Mitte? Wurden Sie für das Wohl kleinerer Geschwister verantwortlich gemacht? Wie sind Sie mit Ihren Brüdern und Schwestern ausgekommen? Haben Sie zu den älteren aufgeschaut oder sich vor ihnen gefürchtet? Waren Ihre Geschwister mehr oder weniger erfolgreich als Sie?

Wie sind Sie in der Schule zurechtgekommen? Waren Sie beliebt oder unbeliebt? Hat man auf Ihnen herumgehackt oder Sie bestraft? Wurden Sie von anderen Kindern herumgeschubst, ausgeschlossen, oder mochten sie Sie? Waren Sie erfolgreich, oder haben Sie sich als VersagerIn gefühlt? Stammen Sie aus einem privilegierten oder einem sozial benachteiligten Milieu? Hatten Sie alles, was Sie zu einem angenehmen Leben brauchten, oder mußten Sie vieles entbehren? Wurden Sie körperlich oder seelisch mißhandelt oder sexuell mißbraucht? Sind Angehörige Ihrer engeren Familie gestorben, oder haben sie die Familie verlassen?

Es gibt unzählige Szenarien, die hier in Betracht gezogen werden können; aber ich bin sicher, daß Sie sich an Dinge in Ihrer Kindheit erinnern, die zu dem selbstunsicheren Verhalten beigetragen haben, das Sie heute an den Tag legen. Sobald Sie sich selber besser verstehen und klarer erkennen, wie die Schallplatten in Ihrem Kopf heute die Dinge für Sie ruinieren, fangen Sie so schnell wie möglich an, Veränderungen einzuführen und Ihr Leben selbst in die Hand zu nehmen. Sie werden sich die Freiheit nehmen, zielstrebige Entscheidungen zu treffen, ohne ständig anderen gefallen zu müssen, und Sie werden Wege und Mittel entdecken, um Ihre Beziehungen in ein ruhigeres Fahrwasser zu lenken.

Hindernisse

Ein weit verbreitetes Hindernis auf der Leiter der Selbstsicherheit ist die Vorstellung, man dürfe nicht über seine eigenen Leistungen sprechen. Wir werden mit Botschaften bombardiert, die uns einhämmern, daß es eine »Sünde« sei, eitel oder eingebildet zu sein.

Allzu lange hat man uns mit Floskeln wie »Eigenlob stinkt« falsche Bescheidenheit eingebleut. Aber wenn man sich nicht selbst liebt – wie in aller Welt kann man dann von anderen erwarten, daß sie einen mögen? Und wenn man sich nicht selbst liebt, wie kann man dann jemand anderen lieben lernen? Sich selbst zu lieben und gut für sich zu sorgen bedeutet, auf sich stolz zu sein und sich selbst zu achten. Selbstachtung bedeutet nicht, daß man egoistisch sein oder die Bedürfnisse der anderen ignorieren muß.

Den meisten Menschen ist es peinlich, von ihren Stärken zu sprechen; deshalb tun sie so, als kämen sie nicht zurecht, auch wenn das nicht stimmt. Bald fangen sie an, ihren Betrug selbst zu glauben. Eigenlob gilt als geschmacklos. Wir sind darauf programmiert worden, selbstbewußte Menschen ungenießbar zu finden. Diese empfinden uns als falsch und heuchlerisch. Wenn man es gewohnt ist, seine Fähigkeiten vor anderen zu verbergen, sieht man sie selbst kaum mehr. Bescheiden schieben wir unsere Erfolge beiseite und kreisen ständig um unsere Mißerfolge. Das wird Ihnen nicht helfen, wenn Sie vorwärtskommen und auf der Leiter höher steigen wollen – auf diese Weise wird es nur abwärts gehen!

Es ist wichtig, daß Sie Ihre Erfolge anerkennen und Ihre positiven Gefühle verstärken. Stecken Sie sich einige der Ziele, von denen im ersten Kapitel die Rede war und auf die ich später noch detaillierter zu sprechen komme. Sooft Sie einen Erfolg zu verbuchen haben, und mag er noch so klein sein, berichten Sie darüber in Ihrem Tagebuch, und feiern Sie ihn! Kaufen Sie sich eine Tafel Schokolade oder einen Blumenstrauß. Malen Sie einen großen Stern in Ihr Tagebuch. Erzählen Sie Ihrer Mutter oder Ihrer besten Freundin über Ihren Fortschritt. Jeder Schritt ist wichtig – jeder Schritt ist ein Meilenstein.

Machen Sie sich Komplimente in bezug auf bestimmte Eigenschaften. Sind Sie fleißig, fürsorglich, liebevoll, sensibel? Sind Sie eine gute Mutter/ein guter Vater? Haben Sie einen schrulligen Humor oder einen scharfen Witz? Sind Sie ehrlich, behutsam, gutherzig? Selbstabwertung ist eine Gewohnheit, in die man leicht hineinrutscht. Sie führt zu innerlicher Meuterei. Wenn Sie andere mit der Verachtung behandelten, mit der Sie sich selbst behandeln, wären Sie in der Welt sehr schlecht angeschrieben. Beginnen Sie also damit, sich mindestens ebenso oft zu loben wie zu kritisieren; und Sie werden allmählich merken, wie Ihr Selbstvertrauen zunimmt.

Mangelnde Durchsetzungsfähigkeit ist die negative Folge einer geringen Meinung von sich selbst. Wie schätzen Sie Ihre Selbstachtung ein? Die meisten Menschen können ihre eigenen Handlungen, Gedanken, Gefühle und ihr Verhalten einigermaßen bewerten und können feststellen, ob sie sich auf den oberen oder unteren Sprossen der Leiter befinden. Wie schätzen Sie sich ein in bezug auf Ihre Erziehung, Nationalität, Körpergröße, Figur, Religion, Sprache, Kleidung, Körperhaltung, Ernährung und die Art und Weise, wie Sie andere behandeln? Fühlen Sie sich aufgrund Ihrer Persönlichkeit und Position in irgendeinem Bereich unzulänglich? Wir alle haben irgendwelche Eigenschaften, von denen wir glauben, daß sie uns hemmen. Aber tun sie das wirklich? Seien Sie vor allem realistisch – natürlich haben wir unsere Grenzen. Aber wir sind fähig, vielleicht nicht alles, aber doch vieles zu erreichen.

Kapitel 3

Wie man geringe Selbstachtung erkennt und bessert

Sind Sie gehemmt?

Schüchternheit, Erröten und Versprecher sind Anzeichen, daß der oder die Betreffende an geringer Selbstachtung leidet. Dies sind Reaktionen, an denen selbstunsichere Menschen ihren Mangel an Selbstvertrauen erkennen, und es sind die Reaktionen, die sie am meisten fürchten – weil sie von anderen registriert werden. Sie fürchten, daß ihr gerötetes Gesicht, ihre zitternden Hände und ihre Tränen jedem in ihrer Umgebung sagen, daß sie die Kontrolle über sich verloren haben. Ihre Angst nimmt zu, sie erröten noch heftiger, und ihr letzter Rest an Selbstvertrauen schwindet. Falls Sie Angst haben, vor einer größeren Gruppe zu sprechen, einen Raum voll Menschen zu betreten oder sich auf die Tanzfläche zu begeben, dann haben Sie in Ihrem tiefsten Inneren vielleicht die Befürchtung, andere könnten Sie auslachen und ihre Meinung von Ihnen als Person werde noch geringer werden, wenn Sie auch nur den kleinsten Fehler machen.

Sie befürchten, daß man Sie für dumm oder unwissend halten könnte. Gehemmte Menschen sind in der Vergangenheit manchmal von Eltern, LehrerInnen oder FreundInnen abgelehnt worden, und sie können den Gedanken nicht ertragen, dies könnte wieder geschehen. Von Befürchtungen dieser Art erfüllt zu sein ist das genaue Gegenteil eines unerschütterlichen Selbstvertrauens. Wenn Sie Selbstbewußtsein haben, dann gehen Sie Risiken wie diese ein. Sie sprechen Ihre Meinungen aus. Wenn Sie einen Saal voll fremder Leute betreten, fragen Sie sich, wen Sie interessant finden könnten – statt sich mit dem Gedanken zu quälen, was diese Leute über Sie denken werden. Sie betreten die Tanzfläche, auch wenn Sie nicht gut tanzen – denn wen kümmert das im Grunde? Wenn selbstbewußte Leute einen Fehler machen und andere lachen, dann werfen sie einfach ihren Kopf zurück und lachen mit ihnen. Sie grübeln nicht darüber nach, was andere über sie denken mögen oder nicht – sie sind völlig auf ihre positiven Handlungen konzentriert und sind unbesorgt, falls sie überhaupt an die entfernte Möglichkeit denken, daß andere ihre Handlungen kritisieren könnten.

Erröten entsteht durch einen plötzlichen Zustrom von Blut zum Gesicht. Man fühlt sich dabei unbehaglich, und das Herz schlägt schneller. Die Folge ist, daß noch mehr Blut in die Hautoberfläche gepumpt wird. Das zeigt sich im Gesicht, im oberen Teil der Brust und am Hals. Schüchternheit ist unproduktiv. Sie hindert einen daran, sich mit den Leuten anzufreunden, die einen interessieren. Sie hält einen davon ab, für seine Rechte einzutreten und die Dinge zu tun, die man gern tun würde. Ich habe es jedoch erlebt, daß schüchterne Menschen fast über Nacht ihr Erröten überwanden, sobald sie sich klarmachten, daß die meisten Leute mehr am Eindruck, den sie auf andere machen, interessiert sind als am Eindruck, den andere auf sie machen. Die Leute, vor denen Sie sich am meisten fürchten, machen sich in Wirklichkeit Sorgen darüber, was andere von ihnen halten. Weit davon entfernt, sich zu fragen, ob Sie es wert sind, sich mit Ihnen anzufreunden, beschäftigt sie eher die Frage, ob Sie sich mit *ihnen* anfreunden würden.

Machen Sie ein kleines Experiment. Wählen Sie jemanden, den Sie jeden Morgen sehen, vielleicht an einer Bushaltestelle, in einem Zeitungskiosk oder auf Ihrem Weg zur Arbeit, jemanden, den Sie noch nie angelächelt, geschweige denn mit ihm gesprochen haben. Möglicherweise wollten Sie nicht als erste lächeln, weil sie befürchteten, der andere werde Sie für sonderbar halten. Dies ist Ihre Herausforderung. Lächeln Sie diesen Menschen an. Beim ersten Mal wird er Ihr Lächeln vielleicht nicht erwidern, weil er zu schüchtern ist. Aber wenn Sie ein zweites Mal lächeln, dann wird er merken, daß Sie nicht lächeln, weil mit ihm etwas nicht stimmt, sondern weil Sie freundlich sein wollen. Der Betreffende wird vermutlich rein reflexhaft zurücklächeln. Es ist wirklich so einfach. Probieren Sie es morgen aus. Was macht es schon aus, wenn Ihr Lächeln nicht erwidert wird?

Wenn Sie es bei einem Fremden ausprobieren, haben Sie nichts zu verlieren. Bekanntlich ist Lächeln ansteckend. Halten Sie sich bloß einmal vor Augen, wie ansteckend

Gelächter ist; manchmal lacht man, ohne zu wissen, warum.

Sobald Sie imstande sind, andere anzulächeln, versuchen Sie es mit einem anderen Ziel. Sprechen Sie andere Menschen an. Die meisten gehemmten Menschen befürchten vor allem eines – daß ihre Schüchternheit sie daran hindern wird, einen Partner zu finden. Falls Sie Single sind, dann wählen Sie jemanden auf einer Party – aber komplizieren Sie die Dinge um Himmels willen nicht, indem Sie das bei jemandem ausprobieren, der Ihnen tatsächlich gefällt! Damit bringen Sie sich nur in Schwierigkeiten – es sind zu viele andere Gefühle im Spiel, als daß es klappen könnte! Schauen Sie Ihrer auserkorenen Unbekannten in die Augen, lächeln Sie, und fragen Sie sie etwas über sie selbst. Jeder Mensch – ob männlich oder weiblich – sehnt sich danach, daß man ihm eine persönliche Frage stellt – Sie etwa nicht? Wählen Sie eine einfache Frage wie: »Wo arbeiten Sie?« »Wohnen Sie in der Nähe?« »Sind Sie eine Kollegin von Norma?« Es empfiehlt sich, einen kleinen Vorrat an weiteren Fragen im Kopf zu haben, und wenn die erste nicht zieht, dann probieren Sie es mit einer anderen. Mit Sicherheit werden Sie schließlich eine Antwort bekommen. Das Geheimnis besteht darin, der andern Person das Gefühl zu geben, man halte sie für faszinierend. Sie wird so erfreut sein, einen Gesprächspartner zu haben, der sich für sie interessiert, daß sie gern mit Ihnen plaudern wird. Wenn Sie zuhören können, sich konzentrieren und sich von den Worten des anderen fesseln lassen, werden Sie

Ihre Ängste mit Sicherheit vergessen. Hören Sie auf, sich zu fragen, was andere von Ihnen denken und was sie von Ihnen halten – dann sind Sie auf bestem Wege, Ihre Schüchternheit zu überwinden. Mit jedem gelungenen Versuch erklimmen Sie eine weitere Sprosse auf der Selbstsicherheitsleiter. Das Heilmittel steht immer für Sie zur Einnahme bereit. Stellen Sie sich Ihren Erfolg vor, versuchen Sie, innerlich zu erleben, wie Sie sich fühlen werden, wenn Ihnen das gelingt – und üben, üben, üben Sie.

Wenn Sie sich bewußt in Situationen begeben, von denen Sie wissen, daß sie Ihnen Schwierigkeiten machen, werden Sie allmählich lernen, sie zu meistern. Sobald Sie Ihre Schüchternheit im Umgang mit Fremden überwunden haben, können Sie Versuche in anderen Situationen machen, die Ihnen häufig Probleme bereiten. Und vergessen Sie nicht, sich nach jedem Erfolg auf die Schulter zu klopfen. Seien Sie in bezug auf Ihr Erröten zuversichtlich; reden Sie sich nicht ein, daß Sie in einer bestimmten Situation mit Sicherheit erröten werden.

Halten Sie sich vor Augen, daß alle in bestimmten Situationen ängstlich sind. Sie sind keine Ausnahme. Und beginnen Sie zu glauben, daß Erröten nicht Ihre natürliche Reaktion zu sein braucht. Erkennen Sie die Situationen, die Sie erröten lassen, und verlangsamen Sie bewußt Ihre Atmung. Denken Sie daran, daß schnelles Atmen den Herzschlag beschleunigt und Sie noch mehr erröten läßt. Wenn Sie spüren, daß sie rot werden, murmeln Sie keine Entschuldigung und laufen Sie nicht aus dem Zimmer, um es zu verbergen. Arbeiten Sie es durch. Wenn Sie sich halbwegs sicher fühlen, sagen Sie zu Ihrem Gegenüber: »Ist es nicht albern, ich werde immer rot, wenn ich mit neuen Leuten spreche«, und lachen Sie über sich selbst. Ihr Gegenüber wird wahrscheinlich sagen: »Das geht mir auch so.« Setzen Sie das Gespräch einfach fort. Je öfter Sie das tun, desto leichter wird es Ihnen fallen.

Vielleicht hilft es Ihnen, eine Situation, die Ihnen schwierig erscheint, probeweise zu spielen. Wählen Sie ein fiktives Vorstellungsgespräch oder das erste Zusammentreffen mit den Eltern Ihrer Freundin. Bitten Sie eine gute Freundin, die andere Rolle zu übernehmen. Das Gelächter, in das Sie beide mit Sicherheit ausbrechen werden, wird die Situation entschärfen.

Und hören Sie auf, sich einzubilden, daß sich andere wegen Ihres Aussehens nicht zu Ihnen hingezogen fühlen. Sehr schöne Menschen ziehen die Blicke auf sich, das stimmt, aber Schönheit ist etwas Äußerliches. Natürlich glotzen die Leute gutaussehende Typen an, aber das bedeutet nicht, daß diese Typen besser sind als Sie. Und ebensowenig bedeutet es, daß es sich lohnt, ihre Bekanntschaft zu machen. Man kann ein guter und liebenswürdiger Mensch sein, ob man auf den ersten Blick anziehend ist oder nicht. Falls Sie sich also für unattraktiv halten – machen Sie das Beste aus sich und versuchen Sie dann, es zu vergessen. Es spielt im Grunde keine Rolle. Sie unterscheiden sich wahrscheinlich nicht grundlegend von den meisten anderen Menschen. Und das beste Schönheitsmittel, das es gibt, ist die Ausstrahlung von Selbstvertrauen. Wie ihre Nase oder ihr Gesicht auch geformt sind und welche Haarfarbe sie haben mag, eine Person, die mit hoch erhobenem Kopf ausschreitet, strahlt dieses undefinierbare Etwas aus, auf das Männer und Frauen gleichermaßen ansprechen – Magnetismus. Dieser kommt selbst einer Art von Schönheit gleich.

Winden Sie sich, wenn man Ihnen Komplimente macht?

Aufsteigende Röte und Selbstabwertung sind häufige Reaktionen auf Komplimente. Ich bin sicher, Sie haben inzwischen erkannt, daß es Menschen, die Probleme mit Ihrer Selbstachtung haben, schwerfällt, Komplimente zu akzeptieren. Falls Sie in einer kritischen Zeit Ihres Lebens abgelehnt wurden, falls Sie von Brüdern oder Schwestern regelmäßig heruntergemacht wurden, falls Sie die Erwartungen Ihrer Familie oder Ihre eigenen in mancher Hinsicht nicht erfüllt haben oder sich für unansehnlich oder beschränkt halten, dann wird Ihnen kein Kompliment jemals als wahr erscheinen. Sie können dann alle Komplimente in der Welt hören und werden immer noch ein schlechtes Gefühl in bezug auf sich haben. Sie werden so lange kein Lob von anderen entgegennehmen können, als Sie nicht lernen, sich selbst zu akzeptieren. Sie werden erst dann beginnen, sich aus diesem Sumpf zu befreien, wenn Sie anfangen,

Komplimente leicht und ohne Verlegenheit entgegenzunehmen und zuzugeben, daß zumindest manche von ihnen wahr sind.

Ein selbstunsicherer Mensch reagiert auf ein Kompliment mit Worten wie: »Ich finde nicht, daß das, was ich getan habe, so gut war. Jeder hätte das zustande gebracht.« Eine selbstsichere Person sagt dagegen: »Hm, danke – diese Anerkennung tut gut.« Ihre Freunde und Bekannten werden diese Veränderung in Ihrer Reaktion bemerken. Es kann Spaß machen, ihre verwunderte Miene zu beobachten. Machen Sie die Probe aufs Exempel! Achten Sie auf ihre Reaktion, wenn es Ihnen gelingt, ein Kompliment charmant entgegenzunehmen.

Und lassen Sie sich in allem Zeit. Veränderungen sind in kleinen Schritten leichter zu verkraften. Manche Leute lassen sich von diesem aufregenden Gedanken des Wandels so mitreißen, daß sie die Dinge überstürzen. Andere machen ein kleines Schrittchen nach dem anderen. Es spielt keine Rolle, welches Tempo Sie einschlagen, solange Sie nur vorankommen.

Und wenn Sie die Leiter hochklettern und sich immer besser fühlen, bereiten Sie sich innerlich darauf vor, Ressentiments von Leuten zu riskieren, die es nicht ertragen können, andere glücklich und selbstbewußt zu sehen. Erinnern Sie sich daran, wie es war, als Sie sich selbst so fühlten. Aber halten Sie sich vor Augen, daß andere, die genauso fröhlich und selbstbewußt sind, anfangen werden, sich um Sie zu bemühen, weil es ein Vergnügen ist, mit

Ihnen beisammen zu sein. Bald werden Ihr Selbstvertrauen und Ihre Selbstsicherheit sprunghaft ansteigen, und Sie werden Charisma ausstrahlen. Die Menschen fühlen sich von Lebensfreude immer angezogen.

Sind Sie anderen gegenüber immer überkritisch?

Ich nehme an, daß Ihnen ohne weiteres ein halbes Dutzend Leute einfallen, Freunde oder Arbeitskollegen, die Ihnen sehr selbstsicher erscheinen, weil sie ständig ihre Ansichten über alles Mögliche äußern. Sie sondern ständig diese Meinungen ab, widersprechen anderen Leuten und haben stets etwas zu kritisieren. Aber dieses Verhalten sendet oft falsche Botschaften aus. Hart urteilende Menschen werden zwar häufig als aggressiv und selbstbewußt angesehen, aber sehr oft ist das Gegenteil wahr. In Wirklichkeit sind sie negativ, und ihre ständige Kritik ist ein Zeichen von Unsicherheit und mangelndem Selbstvertrauen.

Die Mutter, die ihrer Tochter ständig vorhält, daß sie nichts tauge; der Junge, der sich immer mit seiner Schwester anlegt; der Vater, der ständig an seinem Sohn herumnörgelt und ihm sagt, er sei hoffnungslos; diese Unglücklichen kritisieren an den Menschen herum, die sie lieben, weil sie sich von ihnen bedroht fühlen. Manchen Eltern fehlt es so sehr an Selbstachtung, daß sie neidisch auf die Erfolge und das Selbstvertrauen ihrer Kinder werden.

Diese Eltern mögen streng und hart erscheinen, aber unter der Oberfläche fühlen sie sich im Grunde sehr unsicher. Gefühle von Eifersucht kommen hoch und lösen negative Reaktionen aus. Eltern konkurrieren um die Liebe eines Kindes; Mutter und Tochter rivalisieren um die Liebe des Vaters; oder Väter fürchten, ihre heranwachsenden Söhne könnten erfolgreicher, größer und attraktiver werden als sie. Mütter erleben, daß ihren Töchtern die Aufmerksamkeit zuteil wird, die früher ihnen galt. Das entnervt sie und gibt ihnen das Gefühl von Unzulänglichkeit. Es ist traurig, aber wahr.

Eifersucht und das Bedürfnis, sich an jemanden zu klammern, sind die typischen Emotionen, die von einem Minderwertigkeitsgefühl zeugen. Der Grad, in dem man sich bedroht fühlt, ist ein Maßstab für den Grad, in dem man selbstunsicher ist. Die Heftigkeit und Wut, die von diesen schmerzhaften Gefühlen hervorgerufen wird, kann einen veranlassen, sich in einer Weise zu verhalten, die man nie für möglich gehalten hätte. Dabei ist man sich häufig der Wurzel des Problems nicht bewußt. Auf Eifersucht werde ich an späterer Stelle noch näher eingehen.

Haben Sie Angst vor Konkurrenz?

Scheuen Sie davor zurück, sich an Spielen zu beteiligen, vom Flohhüpfen bis zum Schach, weil Sie verlieren könnten? Jedes Spiel muß einen Gewinner und einen Verlierer haben. Sooft man daran teilnimmt, riskiert man, zu verlieren. Konkurrenzspiele können Menschen mit geringer Selbstachtung große Angst machen. Dieser Zug ist bei Männern sehr häufig, die in einer konkurrenzorientierten Umgebung aufgewachsen sind, sei es in der Familie, in einem Heim oder während der ersten Schulzeit.

Diese unglücklichen Menschen fürchten, schlecht abzuschneiden, und haben Angst, daß ihr Wert als Individuum auf dem Spiel steht. Sie fürchten sich davor, von anderen bewertet zu werden, die bei dem Spiel geschickter und versierter sind. Ihr Selbstwertgefühl reicht nicht aus, um sie zu beschützen, wenn sie nicht gewinnen. Sie fürchten sich davor, ihre Glaubwürdigkeit zu verlieren. Viele Leute nehmen niemals an Spielen irgendwelcher Art teil, weil sie fürchten, zu versagen. Sie stellen sich vor, daß andere sie dumm oder uninformiert finden könnten; der Gedanke, ihre Unwissenheit könnte offenbar werden, lähmt sie. Sie nehmen das Spiel viel zu ernst, und sooft sie verlieren, nimmt ihr Stolz weiteren Schaden. Manche zeigen ihre Kränkung, indem sie schmollen oder aggressiv werden. Wir alle sind schon irgendwann schlechten Verlierern begegnet. Wer den Kartentisch umwirft oder den Billardstock entzweibricht, verrät als Verlierer überdeutlich seine geringe Selbstachtung. Er nimmt seine Niederlage persönlich. Für ihn ist es nicht nur ein Spiel, sondern ein Gradmesser seines Wertes.

Müssen Sie mit den Meiers Schritt halten?

Menschen, die das Gefühl haben, sie müßten mit ihren Nachbarn Schritt halten, und die ständig mit ihrem schnellen Auto, ihrem luxuriösen Haus, ihren Besitztümern, ihren Designer-Klamotten und den tollen Leuten angeben, die sie kennengelernt haben, strengen sich gewaltig an, um irgendeinem imaginären Standard zu entsprechen, den sie sich gesetzt haben.

Teenager, die um nichts in der Welt in Turnschuhen gesehen werden wollen, die nicht das riesengroße Logo eines bestimmten Herstellers ziert, verraten der Welt ihre geringe Selbstachtung. Sie fühlen sich wertlos, wenn sie nicht beweisen können, daß sie ebensogut oder besser sind als andere. Und dazu müssen sie die Insignien von Modebewußtsein, Erfolg und Reichtum zur Schau stellen.

Bevor Sie auf diesen Zug aufspringen, fragen Sie sich, wieso jemand überlegen sein sollte, bloß weil er ein Paar Designer-Schuhe oder teure Kleider trägt. Fragen Sie sich ehrlich, ob Sie wirklich das Gefühl haben, andere seien besser als Sie, weil sie mit ihrem Bankfilialleiter oder einem örtlichen Popstar per du sind. Die Antwort muß nein lauten, natürlich nicht. Diese Dinge haben nichts mit dem eigenen, persönlichen Wert eines Menschen zu tun. Dennoch gibt es bloß wenige Personen, die derartige Dinge nicht als Kriterien zur Beurteilung von Menschen heranziehen.

Es ist nichts gegen Erfolg und Wohlhabenheit einzuwenden. Es wäre sinnlos, selbstsicherer zu werden, wenn es Ihnen nicht helfen würde, manche Ihrer Ziele zu erreichen. Wenn Sie jedoch glauben, daß Sie dadurch besser als andere werden – dann denken Sie noch einmal nach. Der Besitz von Statussymbolen bedeutet nur, daß man mehr Geld angehäuft hat (oder versucht, diesen Anschein zu erwecken), aber nicht – keinesfalls – daß man ein besserer Mensch ist. Derlei wird wenig zur Steigerung Ihrer Selbstachtung beitragen.

Müssen Sie immer die Nummer eins sein?

Leute, die immer und in jedem Bereich die Besten oder Schnellsten oder Stärksten sein müssen, sind von allen am meisten zu bedauern. Sie nehmen ihr Leben viel zu ernst und geraten oft unter Streß, weil ihre ständige Konkurrenzhaltung ihrem Wohlbefinden schadet. Letzten Endes werden sie zur personifizierten Unzufriedenheit – und das merkt man ihnen an! Sie glauben, an Wichtigkeit zu gewinnen, sooft sie ein Spiel gewinnen, sich an die Spitze einer Autoschlange setzen, jemand anderen klein aussehen lassen oder in einer Debatte die anderen ausstechen. Aber wenn man immer der Beste ist, macht man sich bei anderen bloß unbeliebt. Es macht viel mehr Spaß, mit gewöhnlichen Leuten zusammenzusein, die Fehler machen und darüber lachen können. Die Leute, die sich für überlegen halten und sich so sehr abstrampeln, um zu beweisen, daß sie in jeder Hinsicht reüssieren, verkünden in Wirklichkeit der ganzen Welt, daß sie unsicher sind und eine sehr schlechte Meinung von sich haben. Langfristig bewirken ihre Erfolge genau das Gegenteil dessen, was sie mit ihnen bezweckten. Sie vertreiben die Menschen, von denen sie um jeden Preis bewundert werden wollen. So schaden diese Bedauernswerten sich am Ende selbst.

Manchmal glauben sie sogar, sie müßten anderen eins auswischen, um sich auch weiterhin als Nummer eins zu fühlen. Es fällt schwer, dies sich selbst zuzugeben; und doch merken viele von uns, daß wir uns genauso wie diese Personen benehmen. Auch wir haben unbewußt Verhaltenstendenzen derjenigen angenommen, die uns einst verletzten oder kränkten. Aber wir können alles, was wir gelernt haben, auch wieder verlernen. Wenn Sie spüren, daß das hinter Ihren Schwierigkeiten stecken könnte, dann bemühen Sie sich um professionelle therapeutische Hilfe. Es ist nicht leicht, von Rollen loszukommen, die man in jungen, verletzlichen Jahren verinnerlichte. Und es ist auch nicht einfach, sich mit seinen negativen Charakterzügen (andere in den Schatten stellen oder sich besitzergreifend, fordernd, spöttisch und herrschsüchtig verhalten) auseinanderzusetzen. Wenn wir in unserer Kindheit Demütigungen erlebten, dann werden wir im späteren Leben alles tun, um dem zu entrinnen. Wenn wir aus Erfahrung beißenden Spott und Hohn am meisten fürchten, dann setzen wir diese Waffen oft gegen Menschen ein, die wir als »schwach« ansehen. Wer in seiner Jugend grausam behandelt wurde, mag dies dadurch kompensieren, daß er sehr gütig ist und die Verletzungen, die er erlitten hat, an anderen wiedergutzumachen sucht. Für andere besteht die Reaktion jedoch darin, ihrerseits grausam zu handeln. Indem sie andere verletzen, spielen sie noch einmal das durch, was ihnen angetan wurde, und ersparen sich so, diese Verletzbarkeit wieder zu erleben.

Haben Sie Angst, Fehler zu machen?

Viele glauben, daß nur Kinder, nie aber Erwachsene, Fehler machen und Schwächen zeigen dürfen. Dies ist absoluter Unsinn. Flexibilität und der Wunsch zu lernen sind von höchster Wichtigkeit. *Fehler sind der Schlüssel zum Fortschritt.* Denken Sie daran, daß negative Rückmeldungen Ihnen helfen, Ihr Ziel zu erreichen. Falls Sie sich ändern wollen, müssen Sie sich anfangs auch eine gewisse Unbeholfenheit zugestehen. Es ist, wie wenn man radfahren lernt. Man fällt vielleicht ein paar Mal vom Rad, aber Übung macht den Meister. Was zählt, ist die Erfahrung. Finden Sie Ihr eigenes Tempo, und setzen Sie sich – vorsichtig – in Gang. Lassen Sie sich von dieser inneren Stimme nicht aus dem Gleichgewicht bringen, die Ihnen einreden will, daß Sie etwas »nicht können«. Nur wer wagt, gewinnt.

Entschuldigen Sie sich dauernd?

Zu viele Entschuldigungen sind ein Kennzeichen von Leuten, die sich unterlegen fühlen. Wer ständig darum bittet, daß man ihm selbst geringfügige Fehlurteile verzeiht oder nachsieht, zählt eindeutig zu dieser Gruppe.

Bitten um Nachsicht sind oft notwendig, aber sie können lästig werden, wenn man sie wiederholt. Nicht enden wollende Entschuldigungen einer Person, die mit Ihnen auf der Straße zusammenprallt oder Sie mit einer Einkaufstüte anrempelt, sind ein bekanntes Beispiel dafür. Leute mit Minderwertigkeitsgefühlen entschuldigen sich oft schon, bevor Ihnen überhaupt klar wird, was geschehen ist. Teilnehmer an Gesprächsrunden, die mit einer bescheidenen Entschuldigung verstummen, wenn ihnen ein temperamentvollerer Redner (manchmal unhöflich) ins Wort gefallen ist, oder die Sätze mit Wendungen beginnen wie: »Es tut mir furchtbar leid, Sie zu belästigen, aber …«, »Ich irre mich wahrscheinlich, aber …« und »Ich weiß, das wird wahrscheinlich dumm klingen, aber …«, nehmen Kritik vorweg, bevor sie laut wird. Sie scheinen nicht zu merken, daß sie mit ihren ständigen Entschuldigungen und Selbstabwertungen ein Bild von sich selbst geben, das es anderen leichtmacht, sie als inkompetent und unsicher darzustellen.

Personen, die sich selbst in Alltagssituationen völlig unzulänglich fühlen, beginnen zu glauben, daß sie auch als Menschen Versager seien, und sie fühlen sich schon bei der geringsten Kritik niedergeschmettert. Sie fallen auf durch ihre zerknirschte Miene, die gekränkten Blicke, ihr verlegenes Erröten und Augen, die sich beim geringsten Anlaß mit Tränen füllen. Manchmal ist es schmerzhaft, ihnen zuzusehen.

Menschen, die sich in ihrer Haut wohl fühlen, erscheint Kritik als bloßer Fliegenschiß auf der Leinwand des Lebens. Sie ist konstruktiv, ist etwas, aus dem sie lernen können und das ihnen hilft, Fehler künftig zu vermeiden. Sie werden ihre Versuche unbeirrt fortsetzen, ihren Weg weitergehen. Ihre Entschlossenheit, etwas zu tun, voranzukommen oder ihr Ziel zu erreichen, treibt sie an. Sie denken positiv. Wenn Menschen mit Fehlern entspannt umgehen können, begrüßen sie die Gelegenheit, etwas Neues auszuprobieren und Risiken einzugehen, auch wenn sie wissen, daß eine Sache schiefgehen kann. Tief innerlich sind sie überzeugt, daß sie aus der Erfahrung lernen werden. Wenn sie den Versuch gar nicht erst machen, werden sie niemals etwas dazulernen. Diese Furcht vor dem Scheitern hemmt so viele fähige Menschen. Nochmals: Negatives Feedback hilft Ihnen, Ihr Ziel zu erreichen.

Kapitel 4

Probleme mit Liebe und Sex

Fürchten Sie sich davor, gegenüber Ihrem Liebsten selbstsicher aufzutreten?

Kaum einem Thema wurde in den letzten Jahren mehr Aufmerksamkeit gewidmet als dem Thema Liebe und Sex. Schlager, Filme und Bücher künden ständig von den Freuden und Schmerzen, die diese mächtigsten unserer Gefühle hervorrufen.

Von allen Aspekten einer Liebesbeziehung ist Intimität wahrscheinlich die am meisten ersehnte Dimension. Sie ist der Höhepunkt aller unserer Hoffnungen und Wünsche, das höchste Ziel, das wir uns gesetzt haben; und seine Flüchtigkeit steigert unser Verlangen nach ihm. Doch es ist häufig auch das trügerischste unserer Ziele. Ohne Selbstsicherheit wird es schwierig und manchmal unmöglich sein, sie zu finden.

Wichtig ist, daß man imstande ist, seinem Partner die eigenen Mängel zu enthüllen. Eines der Hauptmerkmale von Nähe ist ja gerade dies, daß man den anderen in seinem Sosein akzeptiert. Ein selbstsicherer Mensch ist fähig, seine Verletzlichkeit zu zeigen, und deshalb fällt es ihm leichter, die Schwächen der anderen zu akzeptieren. Aus der Akzeptanz entsteht Vertrauen. Sobald man beginnt, sich gegenseitig so zu akzeptieren, wie man ist, fängt man an, sich aufeinander zu verlassen. Das funktioniert allerdings nur, wenn Sie glauben können, daß Ihr Partner Ihr Vertrauen nicht enttäuschen wird.

Haben Sie Angst davor, sich im Schlafzimmer selbstsicher zu verhalten?

Dieser Abschnitt richtet sich in erster Linie an Frauen, aber er kann sicherlich genauso für Männer gelten. Lesen Sie also bitte weiter, auch wenn Sie ein Mann sind. Es ist immer wichtig, die Dinge aus einem breiteren Blickwinkel zu betrachten.

Fühlen Sie sich nach der Liebe enttäuscht? Werden Sie so geliebt, wie Sie es sich wünschen? Tut Ihr Partner all die kleinen Dinge, die Sie sich erträumen, oder liegen Sie da und warten darauf, daß er errät, was Sie glücklich macht? Wenn Sie das Gefühl haben, daß diese Fragen Ihre Situation beschreiben – können Sie herausfinden, warum das so ist? Vielleicht fällt es Ihnen schwer, um das zu bitten, was Sie wollen. Es kann durchaus angst machen, zum ersten Mal sexuelle Worte zu gebrauchen – das erfordert etwas Übung. Vielleicht glauben Sie, es sei egoistisch, um das zu bitten, was Sie wollen. Vielleicht sind Sie darauf programmiert, nur zu geben, und es fällt Ihnen schwer, zu nehmen. Vielleicht denken Sie, Ihr Partner sei faul, egozentrisch oder zu unerfahren; vielleicht tragen Sie einen heimlichen Groll, der Sie davon abhält, sich gehenzulassen. Möglicherweise sagen Sie sich: »Wenn er mich liebte, müßte er wissen, was mich anturnt.« Oder bringen Sie nur dann den Mut auf, um eine spezielle Zärtlichkeit zu bitten oder Sex in Ihrer Lieblingsstellung vorzuschlagen, wenn Sie das Gefühl haben, daß Ihnen Ihr Partner »etwas schuldet«? Denken Sie immer darüber nach, wie Sie Ihren Partner erfreuen könnten, und setzen Sie Ihre Bedürfnisse an die letzte Stelle?

Frauen fällt es häufig ausgesprochen schwer, im Bett ihre Wünsche zu äußern. Vielleicht haben sie das Gefühl, es sei falsch, in irgendeiner Weise die Führung zu übernehmen. Vielleicht erscheint es ihnen unpassend, als Frau die Initiative zu ergreifen. Viele Frauen sind dazu erzogen worden, sich schuldig zu fühlen, wenn sie sexuelle Lust empfinden, und sie haben niemals wirklich auf ihren eigenen Körper gehört. Sie haben noch nicht einmal herausgefunden, was ihr Körper braucht, um zu reagieren. Wenn Sie all die negativen Gründe überwinden können, dann werden Sie vielleicht feststellen, daß es Sie und Ihren Partner enorm erregen wird, wenn auch Sie Verantwortung für die gegenseitige Befriedigung beim Liebesakt übernehmen.

Achten Sie das nächste Mal beim Liebesakt auf Ihre Reaktionen, und machen Sie sich bewußt, was Sie sich wünschen und was Sie brauchen, damit es Ihnen gutgeht.

Seien Sie konkret. Welche Art von Stimulierung wünschen Sie sich, wo und für wie lange? Manche Menschen finden es erregend, ihre Aufmerksamkeit auf das zu konzentrieren, was ihr Partner tut, andere benötigen Phantasien, um sich zu stimulieren.

Sosehr Ihr Partner Sie auch lieben und umsorgen mag, so nahe Sie sich ihm auch fühlen mögen, Sie können unmöglich von ihm erwarten, daß er Ihre Gedanken lesen kann. Ihr Partner kennt Ihren Körper nicht so gut wie Sie. Beide Partner benötigen verbale Rückmeldungen, um zu wissen, wie sie ankommen. Wenn Ihr Partner Sie an einer Stelle berührt, wo Sie es nicht mögen, dann genügt es nicht, seine Hand wegzuziehen. Wenn Sie ihm nicht sagen, daß Sie das, was er tut, nicht als angenehm empfinden, wird er annehmen, daß es Ihnen gefällt – und es immer wieder tun! Das wird Ihnen zunehmend mißfallen, und das Zusammensein wird seinen Reiz verlieren. Das bedeutet nicht, daß Ihr Partner Sie nicht liebt. Es bedeutet nicht, daß er Ihnen keine Lust bereiten will oder egoistisch ist. Er weiß es einfach nicht besser. Weihen Sie ihn in Ihre Geheimnisse ein. Flüstern Sie ihm die Worte ins Ohr, wenn Sie sie nicht laut sagen können. Lassen Sie Ihren Partner wissen, wo Ihre empfindlichen Stellen sind – führen Sie bei jedem Liebesspiel etwas Neues ein. Wiederholen Sie Ihre Bitten, falls er sie vergessen zu haben scheint, und wenn er es richtig macht, bringen Sie etwas Neues ins Spiel.

Statt Ihre Gedanken zu beruflichen Problemen, den Kindern und Haushaltspflichten abdriften zu lassen, konzentrieren Sie sich auf die positiven Seiten Ihres Partners. Denken Sie an die starken Muskeln, die sich in seinen Schenkeln anspannen und lösen, machen Sie sich die Zartheit bewußt, mit der seine starken Hände Sie berühren, achten Sie auf seine rhythmischen Bewegungen und seinen knackigen Po, und freuen Sie sich über die Lustempfindungen, die sich auf seinem Gesicht widerspiegeln. Wenn Sie seine Erregung ebenso auskosten wie die Ihre, werden sich Ihre Lustgefühle steigern, und Ihr Partner wird über Ihre Beteiligung hoch erfreut sein. Wenn Sie ständig darüber nachdenken, wie Sie Ihren Partner auf Kosten Ihres eigenen Genusses erfreuen können, dann wird Ihnen beiden etwas entgehen. Dafür zu sorgen, daß Sie in der Weise stimuliert werden, wie Sie es mögen, ist ein Mittel, um dem Mann oder der Frau in Ihrem Leben Vergnügen zu bereiten. Es ist nicht selbstsüchtig. Sie haben mehr von allem, wenn Sie aufhören, nur geben zu wollen. Kein Mensch – absolut niemand – nimmt seinen Partner vollständig wahr, wenn er die höheren Stufen der Lust erklimmt. Sehr oft beschränkt sich die Wahrnehmung dann auf die eigenen Empfindungen. Sie in Ihrer Lust versinken zu sehen, kann für Ihren Partner von höchstem Reiz sein. Es wird ihn glücklich machen, Sie in den »siebten Himmel« zu versetzen.

Männer und Frauen, die übermäßig besorgt um ihre Partner sind, enttäuschen dagegen als LiebhaberInnen. Sie sind so damit beschäftigt, die erogenen Zonen ihres Partners zu stimulieren, daß sie selbst nicht in entsprechender

Weise reagieren. Die Liebe wird fast zu einem klinischen Vorgang. Man kann seine Liebesdienste übertreiben, indem man sich zu sehr anstrengt, alles richtig zu machen. Ein selbstsicherer Liebhaber, der seinen eigenen Körper wirklich genießt, wirkt auf den anderen sexy. Zwei in sich ruhende Menschen, die geben und nehmen und die sich gestatten, ihre eigene Lust zu genießen, besitzen alle Ingredienzien für ein glückliches und erfülltes Sexualleben.

Den größten Raum nehmen in meiner Beratungskolumne der Kummer und das Herzeleid ein, die von der Liebe bzw. deren Fehlen verursacht werden. Es sind auch nicht nur junge Menschen, die über ihre seelischen oder sexuellen Probleme schreiben. Ähnliche Probleme machen auch älteren und Menschen im Ruhestand zu schaffen, selbst solchen in ihren Achtzigern und darüber. In Angelegenheiten des Herzens scheinen wir nicht in derselben Weise lernfähig zu sein wie in anderen Lebensbereichen. Dieselbe Eifersucht und Unsicherheit, die uns in der Jugend quälte, verfolgt uns auch in späteren Jahren, und wenn wir keine konzentrierte Anstrengung unternehmen, um diesen wichtigen Aspekt unseres Lebens zu verbessern, werden wir die echten Freuden, die er mit sich bringen kann, niemals kennenlernen.

> Vor einigen Jahren, als ich als Krankenschwester auf einer medizinischen Abteilung arbeitete, unterhielt ich mich mit einem älteren Herrn, der wegen Brustschmerzen aufgenommen worden war. Eines Abends

traf ich ihn leise in sich hineinweinend an. Als ich mich neben ihn setzte, um herauszubekommen, was ihn betrübte, erzählte er mir, daß er befürchte, seine 72jährige Frau werde ihm während seines Krankenhausaufenthalts mit seinem Nachbarn untreu. Er tat mir wirklich leid. Nichts, was ich zu ihm sagte, vermochte seine Besorgnis zu zerstreuen. Und aus seinen Worten ging hervor, daß Eifersucht und das überwältigende Gefühl, anderen Männern nicht das Wasser reichen zu können, den größten Teil seines Lebens ruiniert hatten. Ich stelle mir vor, daß das auch das Leben seiner Frau ruiniert hat. Jetzt, an ihrem Lebensabend, litten sie immer noch unter den gleichen Ängsten und Unsicherheiten wie in ihrer Jugend. Selbst die Tatsache, daß sie so lang zusammengewesen waren, vermochte diesem Mann nicht die Gewißheit zu geben, daß seine Frau nicht mit einem anderen durchbrennen würde.

Der Mangel an Kommunikation hatte es unmöglich gemacht, das Problem im Lauf der Jahre zu verringern. Wären sie imstande gewesen, einander ihre Gedanken und Gefühle mitzuteilen, dann wäre ihm in seiner gegenwärtigen Situation diese zusätzliche Belastung erspart geblieben – aber so war ihr Problem mit ihnen gealtert.

Es ist eine Tatsache, daß wir alle eine etwas andere Vorstellung davon hat, was wirkliche Liebe ausmacht. Woher wir bloß die Erwartung nehmen, daß eine Beziehung glatt zu verlaufen habe, weiß nur der Himmel – doch sooft wir uns verlieben, hoffen wir, daß es so sein wird. Es besteht eine viel größere Chance, die Dinge zu klären, wenn Sie die Kompetenzen, die Ihnen die Selbstsicherheit verleiht, ernst nehmen und sie auf die Ihnen am nächsten stehenden Menschen anwenden, statt einfach das zu tun, was Ihnen natürlich erscheint, und Ihren Instinkten zu folgen, Instinkten, die sehr destruktiv sein können. Seien Sie positiv. Setzen Sie sich ein Ziel – schreiben Sie darüber in Ihr Tagebuch –, stellen Sie sich Ihren Erfolg vor, und üben Sie Ihr Verhalten immer wieder in Gedanken ein, bis Sie es genügend vervollkommnet haben, um es in der Welt draußen zu erproben.

Irrtümer

In bezug auf wahre Liebe sind viele irrige Annahmen im Umlauf. Die verschiedenen Kulturen und Religionen, ja selbst die einzelnen Familien hegen unterschiedliche Vorstellungen davon, wie wir uns in einer liebevollen und intimen Beziehung verhalten sollen.

Um eine Beziehung erfolgreich zu gestalten, müssen wir also einen Weg durch das Minenfeld von Irrlehren und übermächtigen Emotionen finden, die unser Verhalten beeinflussen. Unsere Illusionen in bezug auf Liebe und Sex erhalten durch romantische Lieder und Schlager täglich neue Nahrung. Wir lesen darüber in Zeitschriften und unzähligen Romanen. Sie alle verbreiten die alte und irrationale Vorstellung, daß wir als Menschen Liebe brauchen und daß wir ohne sie nichts sind. Aber stimmt das wirklich? Nehmen wir eine oder zwei dieser falschen Annahmen näher unter die Lupe.

1. Irrtum: Ich bin niemand, wenn mich niemand liebt.
Wenn man den Texten der zahllosen Schnulzen, die wir hören, Glauben schenkte, könnte es einem wirklich so scheinen. Aber natürlich trifft das nicht zu. Viele erfolgreiche Menschen, von Mutter Teresa bis Cliff Richard, von Greta Garbo bis Albert Schweitzer, haben bewiesen, daß das Leben ein Triumph sein kann, auch ohne daß man die ganze Zeit verliebt ist.

Sicher ist noch immer für viele Menschen die lebenslange Verbindung mit einer bestimmten Person die alleroberste Sprosse ihrer Lebensleiter. Eine Beziehung, die von Vertrauen, gegenseitiger Fürsorge und Unterstützung gekennzeichnet ist, eine ideale Partnerschaft, beruhend auf völliger Ehrlichkeit, grenzenlosem Verständnis und einer Intimität, die ihre Träume vom ewigen Glück erfüllt. Dies zu erreichen zählt jedoch zu den schwierigsten Dingen. Manche der unglücklichsten Menschen, die mir begegnet sind, leben in einer fassadenhaften Ehe mit einem Partner, für den ihre Gefühle längst abgestorben sind. Selbst märchenhafte königliche Ehen können in einem Desaster enden, wie wir alle wissen. Nach meiner Erfahrung besteht die wünschenswerte Alternative zu einer unglücklichen Ehe in einem glücklichen Single-Dasein. Sobald man sich daran gewöhnt hat, kann das Alleinleben so attraktiv werden, daß es einem sehr schwer fällt, darauf zu verzichten.

Alleinlebende können ihr individuelles Potential verwirklichen. Von vielen wird das Single-Dasein mit seinen vielen Gelegenheiten zur Selbstentfaltung und Erfüllung in einem Wort zusammengefaßt: »Freiheit«. Andere aber machen den Eindruck, sie führten bloß ein zweitklassiges Leben, und manche glauben gar, sich für ihren Single-Status entschuldigen zu müssen.

2. Irrtum: Wer nicht eifersüchtig ist, liebt nicht richtig.
Viele Menschen meinen, die Gefühle von Eifersucht, die sie empfinden, wenn sich ihr Partner jemand anderem widmet, seien ein Zeichen ihrer tiefen Liebe.

Doch das grünäugige Monster Eifersucht ist der häufigste Unruhestifter in Beziehungen. Manche schaffen es, diese Gefühle beiseite zu schieben – vielleicht wird es Sie erstaunen zu hören, daß es manche Menschen erregend finden, wenn ihr Partner von jemand anderem begehrt wird –, bei anderen aber rufen sie nicht nur Traurigkeit, sondern Panik, Wut und manchmal sogar Krankheiten hervor.

In seltenen Fällen werden die Betroffenen so depressiv, daß sie an ihrer Eifersucht ernsthaft erkranken. Wie man an einem gebrochenen Herzen sterben kann, kann auch Eifersucht zu einem vorzeitigen Tod führen. Diesen bedauernswerten Menschen gelingt es manchmal, ihrem Leben selbst ein Ende zu setzen. Eifersucht ist die größte Verderberin des Glücks, die ich kenne, eine völlig fruchtlose Emotion.

Eifersucht

Nicht bloß der eifersüchtige Partner leidet unter der zwanghaften Angst und den ungesunden Gefühlen, die sein Leben manchmal beherrschen. Auch das Glück des Opfers wird zerstört, und die Konsequenzen können die ganze Familie erfassen und Freundschaften und Geschäftsbeziehungen ruinieren.

> Eine mir bekannte Dame war in einem Anfall von Eifersucht sogar in eine Vorstandssitzung der Firma ihres Mannes gestürmt. Dramatisch beschuldigte sie ihn, mit seiner Sekretärin zu schlafen. Sie hatte in seiner Tasche die Rechnung einer Blumenhandlung in der Nähe seines Büros gefunden, sich diese Deutung zusammengereimt und, das Schlimmste annehmend, beschlossen, etwas dagegen zu tun. Sie lag aber falsch – hoffnungslos falsch. Der Mann hatte die Blumen als Dekoration für eine Konferenz gekauft, weil der Party-Service vergessen hatte, sie mitzuliefern. Nun fühlte er sich verständlicherweise blamiert. Das war die letzte einer ganzen Reihe unvernünftiger Handlungen seiner Frau; für ihn war das Maß schließlich voll, und er ließ sich von ihr scheiden.

Ein eifersüchtiger Mensch tritt oft besitzergreifend und fordernd auf und diktiert die Handlungen seines Partners in einem solchen Maße, daß das Leben für diesen unerträglich wird. Ein gewöhnlich sanftmütiger Mensch kann gewalttätig und destruktiv werden und das psychische und physische Wohlbefinden aller ihm Nahestehenden aufs Spiel setzen und, wie es in der Geschichte von der Vorstandssitzung der Fall war, am Ende genau das zerstören, was ihm am meisten bedeutet.

Es gibt natürlich Zeiten, wo *Eifersucht* durchaus *begründet* ist. Eifersucht hat die Menschheit seit den Tagen des Höhlenmenschen begleitet. Sie ist eine Überlebensfrage. Wenn Sie eine lebendige Beziehung mit jemand haben, den Sie lieben, jemand, an dem Sie lange Zeit Anteil genommen haben und der an Ihnen Anteil nahm und ohne den das Leben für Sie unerträglich wäre, dann bedroht die Furcht, ihn oder sie und das gute Leben, das Sie miteinander haben, zu verlieren, Ihre Zukunft, Ihren Lebensstil und Ihr allgemeines Wohlbefinden – sie bedroht geradezu Ihre Existenz. Wenn der Mensch, um den es geht, Ihre Beziehung aufs Spiel setzt, indem er sich mit jemand anderem einläßt oder Sie zu verlassen droht, dann kann niemand von Ihnen erwarten, daß Sie sich gelassen zurücklehnen und den Dingen ihren Lauf lassen. In Situationen wie diesen haben Sie ein legitimes Recht, wütend und enttäuscht zu sein.

Sie können Ihrem Partner sagen, wie tief Sie verletzt wurden, und so viele Tränen vergießen, wie Sie wollen.

Aber eines sollten Sie niemals tun, nämlich sich unnötigerweise selbst die Schuld zuschieben. Das Leben geht auch nach dem Zerbrechen einer Beziehung weiter, aber wenn Sie ein geringes Selbstwertgefühl haben, wird Sie das noch weiter zurückwerfen und damit schädliche Folgen für Ihre Zukunft haben.

Irrationale Eifersucht ist etwas völlig anderes. Sie ruft schwere Angstzustände, Wut und Depressionen hervor. Sie frißt sich in Ihre Seele, zerstört die Liebe und setzt Beziehungen aufs Spiel. Die daran Leidenden verbringen oft Stunden mit Spekulationen, wo ihr Partner sein könnte. Sie gehen immer wieder eine Liste der Frauen durch, die er kennt, sie stellen sich vor, daß er mit der einen und dann einer anderen zusammen sei, und malen sich aus, was sie zusammen tun. Diese Frauen wühlen in Anzug- und Aktentaschen und in Schreibtischladen nach Anzeichen der Untreue, und in extremen Fällen lassen sie Telefone abhören und mobilisieren die Hilfe von Freunden. Vielleicht engagieren sie sogar Privatdetektive, die den Partner beschatten sollen, in der Hoffnung, ihn in kompromittierenden Situationen zu ertappen. Solche Leute haben ein überaus ernstes Problem.

Bevor Sie in den Treibsand irrationaler Eifersucht geraten, halten Sie inne, und reden Sie sich selbst gut zu. Denken Sie daran, daß Sie Ihren Partner nicht hinter Schloß und Riegel halten können. Niemand ist glücklich, wenn man seine Freiheit einschränkt, sosehr Sie ihn auch lieben mögen.

Unter diesen Umständen müssen Sie sich eine Liste von Grundprinzipien in Ihr Tagebuch schreiben, die Sie sich jedesmal laut vorlesen, sooft Sie spüren, daß das grünäugige Monster wieder sein häßliches Haupt erhebt. Sie können sich natürlich Ihre eigenen Merksätze wählen, aber ich führe hier einige Beispiele an.

- Ich liebe meinen Partner sehr. Wenn er mich verließe oder sich in jemand anderen verliebte, fände ich das furchtbar. Ich wäre wütend und unglücklich – aber ich würde mich weiterhin uneingeschränkt mögen und akzeptieren.
- Ich liebe meinen Partner sehr. Ich wünsche mir niemand anderen, aber er ist nicht verpflichtet, mich seinerseits zu lieben.
- Wenn mich mein Partner rücksichtslos oder unfair behandelte, würde ich versuchen, zu verstehen, warum er das tat. Ich würde versuchen, mit ihm darüber zu reden und zu erreichen, daß er sich liebevoller verhält.

Wenn Sie so denken, werden Sie sich unnötige seelische Erschütterungen ersparen. Es funktioniert wirklich, das verspreche ich Ihnen. Als ich das erste Mal den bewußten Versuch unternahm, meine eigenen Gefühle von Eifersucht im Keim zu ersticken – und mir das gelang –, war ich überglücklich.

Mein Partner plauderte mit einem sehr attraktiven Mädchen. Statt ihn anzustarren und zu versuchen, mit meinen Blicken ein Loch in seinen Hinterkopf zu brennen, wandte ich mich ab. Das war nicht leicht. Ich repetierte innerlich meine kleine Litanei an Eifersuchtskillern und begann, mich mit dem erstbesten Mann zu unterhalten, den ich finden konnte. Es dauerte nicht lange, bis mein Partner das Mädchen stehenließ und an meiner Seite war. Dieses rasche Abwenden meines Kopfes hatte mir einen ganzen Abend voll irrationaler Wut und uns beiden einen überflüssigen Streit erspart.

Opfer irrationaler Eifersucht glauben tatsächlich, zu allen Zeiten die uneingeschränkte Liebe und Aufmerksamkeit ihres Partners zu benötigen. Sie meinen, wenn ihr Partner aufhöre, sie zu lieben, oder sich zu jemand anderem hingezogen fühle, so beweise dies, daß sie im Grunde wertlos und nicht liebenswert sind. Leider treiben sie ihren Partner durch ihr Verhalten oft von sich weg. Sie schaden sich selbst, denn sie unterstreichen damit ihr eigenes negatives Selbstbild, und ihr brennendes Bedürfnis, geliebt zu werden, nimmt auf diese Weise noch zu. Oft werden sie extrem niedergeschlagen und verzweifelt. Lassen Sie nicht zu, daß das Ihnen passiert.

Tatsache ist, daß Ihnen niemand garantieren kann, Sie ewig zu lieben. Falls Sie solche Garantien benötigen, fordern Sie etwas Unmögliches. Am Ende werden Sie höchstwahrscheinlich todunglücklich und allein sein. Wenn ein eifersüchtiger Mensch jemanden findet, der ihn zum Mittelpunkt seines Universums macht, und wenn sich diese Person seinen Wünschen fügt, indem sie es ablehnt, andere

Leute kennenzulernen, bzw. bereit ist, sich auf wenige Erfahrungen außerhalb der eigenen Beziehung zu beschränken, dann wird das Leben wenige Freuden für die beiden bereithalten.

Der Eifersüchtige sollte sich fragen, ob es sinnvoll ist, einen anderen Menschen total besitzen zu wollen. Natürlich ist es wunderbar, danach zu streben, mit dem Menschen, den man liebt, eine exklusive Beziehung aufzubauen und zu erhalten. Die meisten Menschen möchten das erreichen; aber es wird ihnen nicht gelingen, indem sie Forderungen stellen, Privatdetektiv spielen oder unerfreuliche Szenen durchspielen.

Es geht hier um das anfangs erwähnte Konzept der Selbstsicherheit, um die unterste Sprosse der Leiter. Die erste Regel lautet: Lernen Sie, sich selbst bedingungslos so zu mögen und zu akzeptieren, wie Sie sind. Dann ist die Wahrscheinlichkeit viel größer, daß Sie jemanden finden, der Sie gern hat. Wenn Sie sich jedoch nur dann liebenswert finden, solange Sie in der Liebe eines anderen schwelgen, und wenn Sie sich nur unter der Bedingung akzeptieren, daß jemand anderer eine hohe Meinung von Ihnen hat, dann haben Sie nicht die geringste Chance, Ihr Ziel zu erreichen.

In jedem Lebensbereich, wo Mangel an Selbstsicherheit der Grund des Zerbrechens von Beziehungen ist, stellen Selbstbejahung und Selbstakzeptanz die Schlüssel zu der Tür dar, die in eine selbstsichere Zukunft führt. Wenn Eifersucht Ihr Leben zu ruinieren droht, dann liegt dem Problem mit Sicherheit ein Mangel an diesen Qualitäten zugrunde. Wenn dieses Buch Sie veranlaßt, darüber nachzudenken, wie Sie Ihre Selbstachtung erhöhen können, dann wird es eine Menge erreicht haben. Irrationale Eifersucht wird in jeder intimen Verbindung fast mit Sicherheit viel psychisches Elend hervorrufen. Das Endresultat ist entweder eine zerstörte Beziehung oder eine langweilige, in der keiner von Ihnen beiden außerhalb der Partnerschaft Interessen, Betätigungen oder Freundschaften pflegt.

Kapitel 5

Arbeitslosigkeit

Selbstsicherheit am Arbeitsplatz

In der Welt der Wirtschaft ist Selbstsicherheit der Schlüssel zur Beförderung und zu guten Beziehungen mit Vorgesetzten und KollegInnen. Doch bevor wir anfangen können, über Selbstsicherheit im Beruf nachzudenken, müssen wir erst einmal eine Anstellung bekommen.

Das Selbstvertrauen nicht verlieren

Arbeitslosigkeit kann die Seele zerfressen. Sie kann jemanden, dem es ohnehin an Selbstvertrauen und Selbstsicherheit mangelt, weiter die schlüpfrige Bahn in die Hoffnungslosigkeit abrutschen lassen. Sie kann bewirken, daß sich der Betroffene hilflos in einer Falle fühlt und bezweifelt, ob es ihm je wieder gelingen wird, dem Teufelskreis der Armut zu entrinnen. Für den Arbeitslosen sind tägliche Aufgaben unerläßlich – ob es das gewohnheitsmäßige Durchsehen der Stellenanzeigen ist oder der Gang zur Arbeitsvermittlung und das Abklappern der örtlichen Geschäfte, Büros und Fabriken. Ohne einen Plan kann Ihr Tag leicht jede Form verlieren. Es ist nichts da, was Sie veranlaßt, morgens mit glänzenden Augen aus dem Bett zu springen. Die Frage wird sich Ihnen aufdrängen, ob das Leben immer so weitergehen wird. Wenn Sie sich nicht ständig vor Augen halten, daß Sie nicht schuld an dieser Situation sind und daß die Erwerbslosigkeit Sie nicht zu einer wertlosen Person macht, werden Sie anfangen, abzurutschen. Lassen Sie das nicht geschehen. Sie müssen am Ball bleiben. Gehen Sie jedem Fingerzeig nach, antworten Sie auf jedes passende Inserat. Lassen Sie den Kopf nicht hängen. Es braucht nur ein potentieller Arbeitgeber »ja, bitte treten Sie in meine Firma ein« zu sagen, und die Situation verändert sich dramatisch.

Behalten Sie die Tips im Kapitel über Körpersprache und Kommunikationsfähigkeit bei Vorstellungsgesprächen im Hinterkopf. Glauben Sie an sich und Ihre Fähigkeiten. Führen Sie eines der dort skizzierten Gespräche mit Ihrem Spiegelbild; das wird Ihre Selbstwertgefühle bestätigen. Sagen Sie sich noch einmal vor, welches Ihre Stärken und Fähigkeiten sind, und treten Sie mit hocherhobenem Kopf aus Ihrer Haustür. Denken Sie daran, daß es nichts Anziehenderes gibt als Selbstvertrauen – selbst wenn es für den Anlaß gespielt ist. Wenn Sie kein Selbstvertrauen haben, ist es schwierig für andere, Sie in einem positiven Licht zu sehen. Denken Sie daran, daß sich die meisten Menschen unterschätzen, aber daß sie das vor der übrigen Welt geheimhalten. Sie reden sich ein, alles sei bestens und sie würden schließlich gewinnen. Wenn Sie Ihre Auffassungen vertreten und Ihre Persönlichkeit zur Geltung bringen, tun Sie dies mit Entschiedenheit, aber ohne anzugeben. Sie werden sich immer glaubhafter von Ihren eigenen Vorzügen überzeugen, und schießlich werden Sie auch auf andere als selbstsichere Person wirken. Denken Sie deshalb positiv. Setzen Sie sich ein Ziel. Halten Sie sich für erfolgreich, selbstbewußt und attraktiv – und Sie werden anfangen, sich auch so zu fühlen. Und üben, üben, üben Sie!

Sie müssen sich immer wieder vorsagen, daß Sie der beste Kandidat für den Job sind. Glauben sie aus ganzem Herzen daran. Sie hätten sich nicht beworben, wenn Sie sich diese Aufgabe nicht zutrauen würden. Sehen Sie sich andere KandidatInnen an, und überzeugen Sie sich selbst, daß diese nicht geeigneter für die Aufgabe aussehen als Sie.

Üben Sie, indem Sie mit einigen arbeitslosen Freunden und Freundinnen zusammenkommen und mit ihnen die Rolle von Interviewer und Interviewtem durchspielen. Einige nützliche Fragen, die Sie durchspielen könnten, sind:

- »Erzählen Sie mir über sich.«
- »Welche Hobbies haben Sie?«
- »Was sind Ihre Stärken?«
- »Was sind Ihre Schwächen?«
- »Warum wollen Sie diesen Job?«

Tauschen Sie Ideen aus. Versuchen Sie in jeder Ihrer Antworten etwas Positives über sich selbst zu sagen. Und geben Sie auf die Frage nach Ihren Schwächen keine ungünstigen Informationen (wie schlechte Gewohnheiten oder Mängel) über sich preis. Heben Sie die guten Seiten hervor, die Sie tatsächlich haben. Selbstunsichere Menschen versuchen, falschen Maßstäben gerecht zu werden, die sie sich selbst gesetzt haben. Denken Sie positiv. Denken Sie an das Ende eines früheren Einstellungsgesprächs, bei dem Sie ein gutes Gefühl hatten, und analysieren Sie den Grund dafür. Tun Sie dasselbe mit einem fehlgeschlagenen Vorstellungsgespräch, und finden Sie heraus, weshalb Sie mit dem Ergebnis unzufrieden waren.

Beschreiben Sie nach jedem Gespräch den Verlauf in Ihrem Tagebuch. Notieren Sie die Fragen und Ihre Antworten. Fragen Sie sich, wie Sie diese Antworten beim nächsten Mal verbessern können.

Lernen Sie etwas aus jedem Gespräch. Auch ein erfolgloses Bewerbungsgespräch ist keine nutzlose Erfahrung. Lassen Sie den Mut nicht sinken, wenn Ihre erste oder auch die zehnte Bewerbung nicht klappt. Sagen Sie sich: »Es ist nicht meine Schuld, ich wäre ein Gewinn für die Firma.« Es braucht nur eine einzige Zusage, damit es mit Ihnen vorwärtsgeht. Ich weiß, daß Sie viel Mut brauchen, um sich durchzusetzen – aber es wird sich auszahlen. Denken Sie daran: Mut ist die Tugend, die alle anderen Tugenden erst möglich macht.

Jedes Bewerbungsgespräch ist eine große Chance: Wo sonst bilden Sie den Mittelpunkt der Aufmerksamkeit und können eine halbe Stunde über sich selbst sprechen? Das ist doch besser und billiger, als zum Analytiker zu gehen!

Kapitel 6
Wie gehe ich mit Ablehnung, Kritik und Schuldzuweisung um?

Haben Sie Angst vor Ablehnung?

Der Umgang mit Ablehnung ist ein heikles Gebiet. Es ist niemals leicht, Zurückweisungen hinzunehmen – selbst nicht für Menschen mit großem Selbstvertrauen. Wenn Sie sich jedoch so akzeptieren, wie Sie sind, auch wenn andere nicht mit Ihnen einverstanden sind oder Sie nicht mögen, dann werden Sie nicht am Boden zerstört sein wie vielleicht ein Mensch mit geringerer Selbstachtung. Menschen, denen es an Selbstvertrauen fehlt, meinen, sie könnten nur dann erfolgreich und geachtet sein, wenn ihnen andere Leute zustimmen oder sie gar bewundern. Sie leiden Seelenqualen, wenn das nicht der Fall ist. Wenn Sie selbstsicher werden wollen, müssen Sie sich fragen, warum in aller Welt Sie Ihren Wert in die Hände anderer legen sollten. Wenn Sie mit anderen nicht übereinstimmen, wenn Sie das Gefühl haben, daß diese Sie nicht mögen, oder wenn Anzeichen erkennen lassen, daß sie Sie nicht akzeptieren, dann bedeutet das nur, daß Sie in diese bestimmte Gruppe nicht hineinpassen. Es bedeutet nicht, daß Sie völlig unliebenswürdig sind. Beginnen Sie zu erkennen, daß es verschiedene Möglichkeiten gibt, sich selbst zu sehen? Neue, positive Gedanken werden mit der Zeit die Bausteine Ihrer neuen, selbstsicheren Persönlichkeit bilden.

Weil sie sich vor Zurückweisung fürchten, schaffen es manche Menschen nicht einmal, sich anderen vorzustellen. Sie bringen nicht einmal unter Freunden das Selbstvertrauen auf, ihre Meinung zu äußern. Sie lehnen es ab, auf Parties zu gehen oder irgend etwas zu tun, bei dem sie mit anderen verglichen werden könnten. Erkennen Sie, wie destruktiv diese Gefühle sind und wie oberflächlich ihr Leben wird, wenn sie es so weiterlaufen lassen?

Um mit den Gefühlen des Abgelehntseins, die Ihre Selbstachtung sinken lassen, fertig zu werden, müssen Sie zunächst verstehen, daß man nicht in Panik zu geraten braucht, wenn man zurückgewiesen wird. Es bedeutet nicht, daß Sie sich die Liebe eines Mannes oder einer Frau nicht erhalten können. Es bedeutet nicht, daß Sie in allem, was Sie tun, unfähig sind, oder daß Sie bei einer anderen Gruppe von Menschen auch keinen Anklang finden werden.

Konflikte

Haben Sie Angst vor Konflikten?

Eines der größten Hindernisse oder Hemmnisse bei dem Versuch, in der Schule, bei der Arbeit oder im privaten Bereich eine gelingende Beziehung aufzubauen, ist die Unfähigkeit, Konflikte auszuhalten. Konflikte treten in allen engen Beziehungen auf. Da wir alle verschieden voneinander sind, ist es unvermeidlich, daß zwei Menschen früher oder später miteinander in Konflikt geraten. Ein Konflikt ist nichts anderes als eine Differenz zwischen zwei Menschen in bezug auf das, was sie wollen, benötigen oder denken. Sie wollen die neue Ausstattung des Wohnzimmers planen, Ihr Partner möchte mit Ihnen schlafen. Sie wollen einen Spaziergang machen, Ihre Partnerin möchte fernsehen.

> Marianne und Nicolas hatten sich seit Jahren über die Erziehung ihrer Kinder gestritten. Nach nur sechsmonatiger Paarberatung begannen sie zu begreifen, daß sie beide gute Gründe für ihr jeweiliges Verhalten hatten. Nach zehnjähriger Ehe fingen sie an, einander wirklich kennenzulernen. Sie begannen sich für die Frage zu interessieren, warum sie sich so verhielten und warum sie wollten, daß mit ihren Kindern auf bestimmte Art umgegangen wurde. Sie erkundeten, was sie sich für ihre Kinder wünschten und woher diese Ideen stammten. Hatten ihre Eltern ähnliche Erwartungen? Warum wurden sie in bestimmten Situationen wütend? Warum wollte Nicolas keine Bücher über Kindererziehung lesen? Warum wurde er ärgerlich, wenn Marianne das tat? Sie stellten einander Fragen, die die Erwartungen ihrer eigenen Eltern an sie betrafen. Je länger sie sich mit den Gründen hinter bestimmten Verhaltensmustern befaßten, desto mehr ge-

lang es ihnen, Veränderungen vorzunehmen, Kompromisse leichter zu akzeptieren und entsprechend zu handeln.

Wenn Sie sich in einer Liebesbeziehung den Konflikten stellen, eröffnet sich Ihnen die Gelegenheit, Verhaltensmuster zu verändern, die Sie in der Kindheit gelernt haben, die aber im Erwachsenenleben fehl am Platze sind. Die meisten von uns reagieren auf Konflikte immer noch in der gleichen Weise, wie wir als Kinder reagierten. Offenheit gegenüber dem Partner ist das einzige Mittel, um diese Verhaltensmuster zu überwinden (sie zu »verlernen«) und diese Hemmnisse aufzulösen. Irgendwann ist es Zeit, damit aufzuhören, anderen die Schuld zuzuschieben; Zeit, die Verantwortung für unser eigenes Leben zu übernehmen, Risiken einzugehen, verletzbar zu sein und Schmerz einzugestehen; ist es Zeit, die Art von Beziehung aufzubauen, die wir miteinander wollen.

Hier sind einige Fragen, die Ihnen helfen, die Barrieren zu durchbrechen:

- Warum benimmt sich mein Partner so?
- Bin ich wütend, habe ich Angst, oder fühle ich mich verletzt?
- Warum konnte das geschehen?
- Welche Probleme rührt mein Partner in mir auf?
- Warum ist es so wichtig für mich, meinen eigenen Willen durchzusetzen?

- Warum muß mein Partner immer recht haben?
- Wie kommt meine Reaktion auf seinen Widerspruch bei ihm an?
- Welche Befürchtungen verbergen sich hinter meinem Gefühl von Bedrohung?
- Warum löst die Haltung meines Partners diese Reaktion bei mir aus?

Konflikte treten wegen der verschiedensten Unterschiede zwischen den beiden Partnern auf, aber das Entscheidende ist nicht die Ursache des Konflikts, sondern die Art, wie man mit ihm umgeht.

Fürchten Sie sich vor Kritik?

Selbstverständlich gibt es Bereiche, in denen Sie empfindlicher sind als in anderen. In diesen Situationen wird auch der selbstsicherste Mensch Emotionen in sich aufsteigen spüren. Unsere empfindlichen Stellen – wunde Punkte, an die andere rühren – sind sehr individueller, intimer und privater Art. Das kann mit unserer Empfindlichkeit bezüglich unserer Körpergröße, unseres Akzents, unserer Hautfarbe, unserer Finanzen, unserer Sexualität oder irgendwelcher anderen persönlichen Eigenschaften zu tun haben. Jeder Mensch hat solche empfindliche Stellen – aber andere können nicht von vornherein wissen, welche es sind. Wenn jemand eine Bermerkung macht, die Sie als kränkend empfinden, dann ist die Wahrscheinlichkeit groß, daß dies zufällig und unabsichtlich geschieht. Der andere hat keine Idee, daß er Sie verletzt hat. Dies ist der Moment, in dem Sie sich äußern müssen.

Sie werden überwältigt von schmerzlichen Gefühlen, die von Kindheitserfahrungen der Ablehnung und Mißbilligung herrühren. Sie wurden damals kritisiert und fühlten sich schuldig. Das Erbe dieser Erfahrungen begleitet uns, und noch als Erwachsene erleben wir den Nachhall von Kindheitsschmerzen. Kritik empfinden wir oft als Verlust von Zuneigung, sie verletzt unseren Stolz und vermindert unsere Selbstachtung. Das tut sehr weh.

Solche Reaktionen werden Sie nicht über Nacht loswerden können. Sie können jedoch beginnen, der Sache etwas den Stachel zu nehmen, indem Sie zwischen berechtigter und unberechtigter Kritik unterscheiden.

Berechtigte Kritik

Das ist Kritik, von der Sie selbst wissen, daß sie fair ist. Sie haben sich tatsächlich nicht konzentriert und die Tatsachen durcheinandergebracht. Sie sind in letzter Zeit unwirsch gewesen. Sie haben vergessen zu tun, worum Sie Ihr Chef bat, und Sie sind letzte Woche zweimal zu spät gekommen. Lernen Sie zu akzeptieren, daß sich Kritik nur gegen einen spezifischen Aspekt Ihres Verhaltens richtet. Sie richtet sich nicht gegen Sie als Person. Sie sind kein vergeßlicher Mensch, Sie haben etwas vergessen – das ist alles. Sie sind keine übellaunige Person. Sie sind in letzter Zeit schnell aufgebraust (dafür gibt es gewöhnlich einen Grund). Sie sind zu spät gekommen. Sie machen manchmal etwas falsch – das tun wir alle. Es ist menschlich, Fehler zu machen. Niemand ist vollkommen. Stimmen Sie der Kritik zu, entschuldigen Sie sich, und vergessen Sie sie. All dies ist bloß eine weitere Lernerfahrung.

Unberechtigte Kritik

Unberechtigte Kritik wird oft von Leuten geübt, die Sie herabsetzen wollen. Nehmen Sie sie nicht einfach hin, und zerbrechen Sie sich nicht den Kopf über der Frage, ob sie nicht einen wahren Kern haben könnte. Fragen Sie sich, ob die Kritik im allgemeinen auf Sie zutrifft.

Wenn nicht, dann müssen Sie sie zurückweisen. Wenn Sie es nicht über sich bringen können, das den andern laut zu sagen, dann sagen Sie es wenigstens zu sich selbst: »Das ist nicht wahr. Es ist unfair, mich nach einem Einzelfall zu beurteilen. Im allgemeinen ist meine Arbeit sehr gut.«

Falls Sie Panik in sich aufsteigen fühlen, wenn Sie kritisiert werden, dann erinnern Sie sich daran, daß dies ein Überrest aus der Kindheit ist, den Sie seit damals mit sich herumschleppen. Denken Sie immer wieder daran, daß Fehler zu machen nicht bedeutet, daß Sie nichts taugen. Es bedeutet, daß Sie ein paar Fehler gemacht haben, das ist alles! Aber Sie müssen das auch in Ihrem Umgang mit anderen bedenken und deren Reaktionen verstehen, falls Sie mit Ihren Bemerkungen übers Ziel hinausschießen. Je besser Sie sich selbst zu verstehen beginnen, desto besser werden Sie zwangsläufig auch andere verstehen, und Sie werden aufhören, sich in grundlosen Annahmen über deren Verhalten zu ergehen.

Wenn Sie Kritik als berechtigt akzeptieren, dann sagen Sie das. Wenn Ihr Chef Sie tadelt, weil Sie mit einer Situation in unangemessener Weise umgegangen sind, dann sagen Sie: »Es stimmt, ich hätte gegenüber Herrn Schmidt nicht die Beherrschung verlieren sollen.« Wenn Sie »es tut mir leid« sagen wollen, dann tun Sie es, aber lassen Sie es damit gut sein. Rutschen Sie nicht auf den Knien herum, und reden Sie nicht endlos darüber. Kommen Sie nicht mehr auf die Sache zurück.

Wenn Sie noch etwas tun wollen, um herauszufinden, wie man die Dinge besser machen kann, dann fügen Sie hinzu: »Was schlagen Sie vor, damit es künftig besser läuft? Ich wäre für Ihren Rat dankbar.«

Fürchten Sie sich davor, andere zu kritisieren?

Erfüllt Sie der Gedanke, andere zu kritisieren, mit Furcht? Stellen Sie sich vor, der Kritisierte werde niedergeschmettert sein, und, noch schlimmer, glauben Sie, er werde aufhören, Sie zu mögen? Wenn es Sie schmerzt, Kritik zu akzeptieren, dann wird es in neun von zehn Fällen auch schmerzhaft für Sie sein, andere zu kritisieren. Dieselben Gefühle von Scham und verletztem Stolz kommen in Ihnen hoch, wenn Sie sich vorstellen, wie sich der andere fühlen wird, und deshalb schrecken Sie oft davor zurück. Sie nehmen die Schuld auf sich, weil Ihnen das leichter erscheint.

Es ist jedoch möglich, Kritik zu äußern, ohne dem anderen weh zu tun. Wenn Sie finden, Sie müßten jemanden kritisieren, dann denken Sie daran, daß Sie ein bestimmtes Verhalten kritisieren und nicht die Person.

Anstatt zu sagen: »Du bist ein kompletter Idiot, daß du das tust!«, sagen Sie, daß Sie nicht glücklich über die Art und Weise waren, wie etwas gehandhabt wurde. Statt zu sagen: »Du bist ein schlampiges Kind«, sagen Sie: »Dein Zimmer ist ein Verhau – ich möchte, daß du das änderst.« Anstatt: »Du bist ein böser Junge« –»Das war wirklich eine verletzende Bemerkung gegenüber der Großmama.« Anstatt: »Du bist ungeschickt« – »Es war ungeschickt, das zu tun.« Sehen Sie den Unterschied?

Eine Möglichkeit, der Kritik ihren Stachel zu nehmen, besteht darin, sein Gegenüber zunächst an seine Vorzüge zu erinnern: »Ich bin sehr damit zufrieden, wie Sie mit den Klienten umgehen, Joe. Auch diese Briefe sind ausgezeichnet, aber bitte, Sie müssen morgens pünktlich erscheinen.«

Lob mildert die Rüge. Versuchen Sie deshalb immer, etwas Positives zu sagen, bevor Sie mit der Kritik herausrücken. Wenn sich die Person, die Sie kritisieren, von Ihnen geschätzt fühlt, dann wird sie Ihre Kritik leichter und ohne Verlust an Selbstachtung annehmen können.

Äußern Sie konkrete und konstruktive Bitten. Vage Bemerkungen über den Berg von Arbeit in Ihrer Ablage oder darüber, daß außer Ihnen niemand etwas zu tun scheint, genügen nicht. Machen Sie auch keine Andeutungen darüber, daß Tim überarbeitet ist und niemand ihm hilft. Formulieren Sie Ihre Bitten klar.

Zum Beispiel: »Die Briefe, die Sie getippt haben, waren ausgezeichnet. Danke schön. Würden Sie sich nach Ihrer Teepause Zeit nehmen, um Tim mit der Post zu helfen? Er ist überlastet.«

Gehen Sie niemals davon aus, daß Menschen Ihre Gedanken lesen können. Sie sind sich wahrscheinlich nicht der Auswirkungen bewußt, die ihr Verhalten auf Sie hat. Wenn jemand Sie ärgert – zum Beispiel, indem er Sie in Ihrem Gespräch unterbricht –, springen Sie ihm nicht ins Gesicht, wenn er es wieder tut. Warten Sie. Dann sagen Sie ruhig und ohne Feindseligkeit in Ihrer Stimme: »Wenn Sie mich unterbrechen, habe ich das Gefühl, daß meine Worte wertlos sind – bitte, versuchen Sie, das zu unterlassen.« Sie können auch leichthin bemerken, daß jetzt Sie an der Reihe sind.

Stellen Sie sich Aufgaben für die nächste Woche, und schreiben Sie sie in Ihr Tagebuch. Denken Sie an jemanden, der Sie schon seit einiger Zeit nervt und den zur Rede zu stellen Sie sich nicht trauten.

Teilen Sie dem Betreffenden Ihre Gefühle in einer Weise mit, die es ihm erleichtert, Ihre Kritik zu akzeptieren. Üben Sie vorher vor einem Spiegel, oder zeichnen Sie Ihre Worte auf einem Kassettengerät auf. Spulen Sie zurück, und hören Sie sich selber zu, um die Wirkung Ihrer Worte zu überprüfen. Üben Sie weiter, bis es Ihnen gelingt, ruhig, aggressionslos und sogar freundlich zu sprechen. Und wenn Sie sich dann gut in Form fühlen – nichts wie los.

Wenn es vollbracht ist, kleben Sie sich einen weiteren großen Stern in Ihr Tagebuch.

Kinder, denen man ständig sagt, sie seien faul, schlecht, dumm und ungehobelt, nehmen diese Kritik bewußt oder unbewußt in sich auf und beginnen schließlich, daran zu glauben. Statt diese Äußerungen als Kritik an ihrem Verhalten anzusehen, das verändert werden kann, empfinden sie sie als Kritik an ihrer ganzen Person, und ihre Selbstwertgefühle stürzen in den Keller. Ihre Einstellung wird negativ, und sie glauben immer mehr, daß sie immer im Unrecht sind. So kommt das »negative Denksyndrom« in Gang.

Kinder, die fortwährend negative Botschaften über sich empfangen, fühlen sich verletzt und abgelehnt. Sie wollen zwar für sich selbst eintreten, aber sie trauen sich nicht. Diese Frustrationen stauen sich auf, und wenn sie als Erwachsene kritisiert werden, steigen diese Gefühle an die Oberfläche, und es kann sein, daß sie überreagieren. Sie fühlen sich als Personen kritisiert und nicht bloß wegen des Fehlers, den sie gemacht haben. Denken Sie also bitte daran, daß das »Vorkommnis« kritisiert werden sollte und nicht die Person.

Versuchen Sie immer, Gespräche, in denen Sie jemanden kritisiert haben, versöhnlich ausklingen zu lassen. Dies ist besonders wichtig, wenn es eine lange Diskussion gegeben hat und das Risiko von verletztem Stolz besteht. Oft ist es hilfreich, sein Gegenüber in irgendeiner Weise leicht zu berühren – entweder durch einen Händedruck oder indem man seine Schulter oder seinen Unterarm anfaßt und zum

Beispiel sagt: »Ich bin wirklich froh, daß wir dieses Gespräch geführt haben. Es tut gut, die Atmosphäre zu bereinigen, weil ich auf Ihre Ansichten Wert lege.« Auf die Vorzüge von Berührungen und auf andere Möglichkeiten, Ihren Bitten mit Hilfe von Körpersprache größeren Nachdruck zu verleihen, gehe ich an späterer Stelle ausführlicher ein.

Schuldzuweisungen

Schuldzuweisungen sind ein unumgänglicher Bestandteil des Lebens. In vielen menschlichen Situationen ist es angebracht, Wirkungen auf Ursachen zurückzuführen. Welche Organisation hat die Bombe in das Flugzeug geschmuggelt? Wer hat die Rauferei angefangen? Wer hat Präsident Kennedy ermordet? Die Liste der Beispiele ist endlos. Jede nationale und internationale Katastrophe bekräftigt unser Bedürfnis, die Schuldigen zu finden, um den Scheußlichkeiten dieser Welt auf die Spur zu kommen. Auf diese Weise erklären wir uns die Welt, weil wir ohne solche Erklärungen nicht leben können.

Es gibt jedoch viele Menschen, denen das Beschuldigen anderer zu einem Lebensprinzip wird. Auf diese Weise leugnen sie – speziell sich selbst gegenüber – jede Mitschuld an Dingen, die schiefgehen. Sie fürchten, das Gesicht zu verlieren, wenn sie sich zu ihren Handlungen bekennen. Sie möchten sich den Schmerz ersparen, Fehler zuzugeben, weil sonst das Bild, das sie von sich haben, zerstört würde.

Andere fallen ins entgegengesetzte Extrem und nehmen aus Furcht vor Konfrontationen und um des lieben Friedens willen die Verantwortung für fast alles auf sich, was mißlingt. Vielleicht wollen sie sich ihren Ruf, selbstlos und gütig zu sein, erhalten, oder sie hoffen, auf diese Weise die Zuneigung und Sympathie anderer zu erringen.

(Es gibt natürlich auch den schwierigeren Umstand, daß Leute versuchen, anderen Schuld zuzuweisen, um sie zu verletzen, zu demütigen oder um deren Ruf zu ruinieren. Dies sind potentiell explosive Situationen, in denen die Absicht durchaus bösartig ist und die auf weitaus kompliziertere Problemlagen zurückzuführen sind.)

Falsche Schuld und falsche Unschuld bilden die entgegengesetzten Enden des Bezichtigungsspektrums. Auf der einen Seite stehen jene Leute, die, wenn sie im Supermarkt jemanden anrempeln, dem peinlich berührten Mitmenschen »Passen Sie doch auf!« zurufen. Auf der andern Seite stehen jene, die sich automatisch entschuldigen, ohne darüber nachzudenken, ob sie überhaupt schuldig sind. Leute, die von unangebrachten Schuldgefühlen verzehrt werden, fühlen sich oft allein für das Glück ihrer ganzen Familie verantwortlich, und sooft irgend etwas mißrät, suchen sie die Schuld zuerst bei sich.

Ist Ihnen bewußt, auf welcher Seite Sie stehen? Beide Wege zur Umgehung einer Konfrontation können tiefsitzende Gefühle von Schuld und Unterdrückung hervorrufen. Versuchen Sie ehrlich zu unterscheiden, woran Sie die Schuld tragen und woran nicht. Versuchen Sie, denjenigen entgegenzutreten, die Sie beschuldigen. Wenn Sie es schaffen, geben Sie Ihre eigenen Fehler zu und übernehmen Sie die Verantwortung für sie. Sie werden ein neues Gefühl von Stolz und Selbstachtung verspüren.

Um eine Veränderung Ihrer Reaktionen einzuleiten, müssen Sie sich zunächst deutlicher der Spielchen bewußt werden, die Leute spielen, wenn sie in »Beschuldigungssituationen« geraten. Wir alle kennen den Schmerz, den man erlebt, wenn uns eine Missetat in die Schuhe geschoben wird, die nicht auf unser Konto geht. Ungerecht beschuldigt zu werden ruft Gefühle von Demütigung, ungerechter Behandlung, Wut und Groll hervor.

Die meisten Menschen spielen irgendwann das Beschuldigungsspiel; wenn Sie wirklich selbstsicher werden wollen, müssen Sie sich der versteckten Finten deutlich bewußt werden, die in Gesprächen angewandt werden, und sie zu interpretieren wissen.

Im täglichen Leben wird ständig mit zweierlei Maß gemessen. Bei Fußballspielen geschieht dies in gefahrloser Weise. Die Anhänger der einen Seite brüllen »Foul!«, wenn ein Spieler ihres Teams angegriffen wird, wenn aber der Schiedsrichter einem Spieler ihres Teams die rote Karte zeigt, schreien sie voll scheinheiliger Empörung: »Der hat sie doch nicht alle!« Wir Menschen neigen dazu, nur das zu sehen, was wir sehen wollen. Dies ist ein äußerst durchsichtiges Beispiel von »positivem Denken«, das aber, wird es so eingesetzt, niemandem nützt, weder dem »Beschuldiger« noch dem »Beschuldigten«.

Gewiß kennen auch Sie viele Leute, die andere Autofahrer, welche beim Überholen die Geschwindigkeitsgrenze überschreiten, als »Raser« beschimpfen – obwohl sie selbst regelmäßig dasselbe tun. Ähnliche Szenarien werden in etwas verletzenderer Weise am Arbeitsplatz und zu Hause durchgespielt.

Beide Typen von Menschen, sowohl diejenigen, die Schuld für Dinge auf sich nehmen, für die sie nichts können, als auch diejenigen, die andere beschuldigen, um ihr Gesicht zu wahren, müssen sich ihrer Verhaltensweise bewußt werden. Vertrauen Sie sich Ihrem Tagebuch an, sobald Sie Ihr Verhalten in »Beschuldigungssituationen« klarer durchschauen. Schreiben Sie sich den Verlauf der Dialoge etwa so auf, wie Sie ihn in Erinnerung haben, und überlegen Sie sich Möglichkeiten, wie Sie mit den Situationen anders hätten umgehen können. Schreiben Sie Ihre neue Reaktion daneben, und sagen Sie sie sich laut vor, wenn Sie wollen unter Zuhilfenahme Ihres Kassettenrecorders. Das hat Ähnlichkeit mit der Überarbeitung eines Theaterstücks.

Üben Sie Ihre Aussagen immer wieder, bis sie Ihnen ganz leicht von den Lippen gehen, und dann probieren Sie sie in der Welt aus. Hier sind einige Wendungen, die Sie benutzen können:

- »Ich übernehme keine Verantwortung für das Geschehene.«
- »Ich lehne es ab, mich als Sündenbock behandeln zu lassen.«

- »Wenn du versuchst, mich für deine Fehler verantwortlich zu machen, dann ärgert mich das wirklich.«
- »Ich weigere mich, die Schuld dafür zu übernehmen.«
- »Niemand hat dich dazu gezwungen. Es war deine Entscheidung.«
- »Warum fällt es dir so schwer, zu akzeptieren, daß es deine Entscheidung war?«

- »Es tut mir leid.«
- »Ich entschuldige mich.«
- »Das war meine Schuld.«
- »Dafür übernehme ich die Verantwortung.«
- »Ja, das war mein Fehler.«
- »Das war ich. Dich trifft keine Schuld.«
- »Bitte nehmen Sie meine Entschuldigung entgegen.«

Übernehmen Sie die Wendungen in Ihr Tagebuch, die Sie als die hilfreichsten empfinden. Belohnen Sie sich mit einem weiteren Stern, sobald Sie sie in realen Situationen benutzt haben. Und spenden Sie sich ein großes Lob. Es ist nicht leicht, lebenslange Gewohnheiten abzulegen. Eine Veränderung in diesem Bereich befördert Sie ein paar Sprossen höher auf der Leiter; sie ist ein positiver Schritt, mit dem Sie Ihrer neuen, selbstsicheren Persönlichkeit näherkommen.

Kapitel 7

Wie kann ich etwas ändern?

Wachstumsstrategien

Schreiben Sie eine Liste Ihrer Wünsche in Ihr Tagebuch.

- »Ich möchte Anna heiraten.«
- »Ich wünsche mir ein Haus mit einem Garten.«
- »Ich möchte an einem Strand Liebe erleben.«
- »Ich möchte Schriftstellerin sein.«
- »Ich möchte segeln lernen.«
- »Ich möchte tanzen gehen.«

Jetzt müssen Sie sich einen Aktionsplan erstellen. Besorgen Sie sich ein Übungsheft, in dem Sie Aufzeichnungen machen und Ihre Fortschritte verzeichnen können. Besorgen Sie sich ein Schwarzes Brett, auf dem Sie Ihre Ziele festhalten, damit Sie Ihre eigenen Fortschritte in Selbstsicherheit verfolgen können.

Fragen Sie sich, welches Ihre emotionalen Bedürfnisse sind, und schreiben Sie sie auf. Machen Sie sich eine Liste der Dinge, die wichtig für Sie sind. Niemand anderer wird Ihre Aufzeichnungen sehen, Sie brauchen sich also nicht zu genieren. Falls Ihnen aus dem Stand nichts einfällt, weil Sie es verlernt haben, Ihre Bedürfnisse zur Kenntnis zu nehmen, dann raten Sie einfach. Halten Sie Ihr Tagebuch auf Ihrem Nachttisch – oder von mir aus unter der Matratze – für den Fall griffbereit, daß Ihnen im Bett Ideen kommen.

- Von wem möchten Sie gern geliebt werden?
- Welche Art von Arbeit möchten Sie tun?
- Welche Art von Zuhause wünschen Sie sich?
- Welche Vergnügungen machen Ihnen wirklich Spaß?
- Wo würden Sie gern Liebe erleben?

Wenn Sie über diese Dinge nachdenken und feststellen, wieviel davon Ihnen fehlt, wird Ihnen das vielleicht mehr Schmerzen bereiten, als Sie sich vorgestellt haben.

Halten Sie jetzt einmal inne, und ziehen Sie Bilanz; fragen Sie sich, was Sie vom Leben haben, wieviel Liebe, wieviel Bedeutung in den Augen der andern, wieviel Vergnügen und Sicherheit. Fragen Sie sich das, und hören Sie sich Ihre Antworten an. Wenn Sie nichts tun, um diesen Zustand zu ändern, wird er genauso bleiben, wie er ist. Es liegt an Ihnen.

Ihre Persönlichkeit und Ihr Lebensstil sind von Gewohnheiten geprägt; und genauso wie jede andere Gewohnheit (Nägelbeißen, mit den Fingern auf dem Tisch trommeln) oder Sucht (Trinken und Rauchen) können Sie diese ablegen. Alles läßt sich umkrempeln, wenn Sie es nur genügend wollen.

Denken Sie eine Weile über Ihre Charakterzüge und Gewohnheiten nach, und schreiben Sie sie ebenfalls in Ihr Notizheft. Sind Sie faul, redselig, energisch, still, fanatisch ordnungsliebend, träge? Tragen Sie gewöhnlich leuchtende oder gedämpfte Farben? Verbringen Sie viel Zeit im Bett, oder stehen Sie mit den Hühnern auf? Denken Sie über die Art und Weise nach, wie Sie mit Ihren Freunden und Angehörigen sprechen, wie Sie sich bei der Arbeit benehmen und wie Sie mit Geschäftsleuten, Verkäuferinnen und Handwerkern umgehen. Fragen Sie sich, wie andere Sie behandeln. Und fragen Sie sich dann, ob es etwas an Ihrem persönlichen Verhaltensstil gibt, das Sie gerne anders hätten. Versuchen Sie zunächst, ein paar Kleinigkeiten zu ändern, damit Sie sich nicht zu unbehaglich fühlen.

Sich zu ändern ist selten leicht, besonders dann nicht, wenn diese Änderungen Verhaltensweisen betreffen, die im Lauf der Jahre zu Ihrer zweiten Natur wurden. Wenn Sie in Ihrer Kindheit sehr strenge Botschaften empfangen haben, kann es sein, daß sie an diesen noch lange festhalten, auch wenn diese längst nicht mehr nützlich sind. Die Lieblingssprüche meiner Mutter lauteten: »Hinterlasse nie einen Berg von ungespültem Geschirr, wenn du zu Bett gehst«, »Stelle niemals Schuhe auf den Tisch« und »Spähe nie durch die Gardinen, um zu sehen, wer an der Tür ist.« Dies sei sehr unhöflich. Nach den Gründen habe ich nie gefragt. Die so weit verbreitete Abspülregel stammt wahrscheinlich aus einer Zeit, als die Familien noch groß waren und zur Frühstückszeit ein ziemliches Chaos ausgebrochen wäre, wenn man das ganze Geschirr in der Spüle gelassen hätte. Die Schuhregel ist wahrscheinlich auf den Aberglauben zurückführen, daß Schuhe auf dem Tisch »Pech« bringen. Aber immerhin weiß ich heute, daß mir meine Mutter verboten hat, aus dem Fenster zu schauen, weil es vorkam, daß der Mietzinseintreiber an der Tür war und sie kein Geld hatte. Hätte er mich gesehen, dann hätte er gewußt, daß sie zu Hause war, und sie wäre in eine peinliche Situation geraten. Auch ich habe meinen Kindern beigebracht, nicht hinauszuspähen, und erst, als sie mich nach dem Grund fragten, habe ich darüber nachgedacht.

In Geborgenheit wachsen diejenigen Kinder auf, die merken, daß sich die meisten Ratschläge, die sie von ihren Eltern erhalten, als richtig erweisen:

- Es ist wirklich viel angenehmer, trockene Hosen zu tragen.
- Mir ist wirklich wärmer, wenn ich meine Fäustlinge trage.
- Wenn ich die heiße Pfanne anfasse, tut es tatsächlich weh.

Verwirrende Angaben lassen sich nicht völlig vermeiden; sosehr Sie sich auch bemühen, gute Eltern zu sein, werden Sie doch manchmal falsche Auskünfte geben – niemand ist vollkommen. Die Kinder müssen sich dann selbst Klarheit verschaffen, und mit der Zeit werden sie das auch tun.

Meiner Tochter gelang es eines Tages, die Gartentür zu öffnen und durchzubrennen. Ich machte mir furchtbare

Sorgen. Ich kämmte die ganze Umgebung ab und klopfte bei allen Leuten an, die wir auch nur entfernt kannten, um nach ihr zu fragen. Als ich schließlich weinend nach Hause zurückkehrte und die Polizei anrufen wollte, erblickte ich ihre kleinen, roten Gummistiefel vor der Tür unserer Nachbarn.

Ich holte sie heraus, schüttelte sie und schrie sie an, weil sie losgezogen war, ohne es mir zu sagen. Ich habe mich oft gefragt, wie sie innerlich darauf reagierte: mit Angst, Wut, Frustration, Verwirrung? Sie konnte unmöglich begreifen, welche Sorgen ich mir gemacht hatte. Meine Reaktion war durch meine Angst bedingt.

Unser Erwachsenen-Ich (siehe dazu unten S. 120) lernt ständig hinzu. Wir können zwar die Erinnerungen, die wir bereits gespeichert haben, nicht auslöschen, aber wir können verhindern, daß sie auch weiterhin eine so wichtige Rolle in unserem Leben spielen. Wenn wir einen Schock erleiden, dann werden dadurch Gefühle wach, die wir als Kind erlebten. Der spontane, kindliche Anteil unserer Persönlichkeit (das Kindheits-Ich) reagiert oft in der gleichen Weise wie damals, als wir klein und hilflos waren.

Das kann Menschen davon abhalten, sich auf neue Situationen einzulassen. Es kann sie auch in mancher anderen Weise hemmen. Viele unserer Reaktionen erfolgen automatisch; sie sich zum ersten Mal bewußt zu machen kann recht harte Arbeit erfordern.

Wie um einen Garten müssen wir uns auch um unsere Probleme kümmern, wenn sich diese nicht unlösbar verwirren sollen. Die vor uns liegenden Aufgaben erfordern Planung. Regelmäßige Pflege wird unseren Garten gedeihen lassen, so daß später gesunde Blüten sprießen können.

Nein sagen

Schreiben Sie in Großbuchstaben in Ihr Tagebuch: NEIN.

Vielen von uns fällt nichts schwerer, als nein zu sagen. ArbeitgeberInnen, KollegInnen, FreundInnen und Angehörige, Obdachlose und Scharen von Straßenhändlern und Spendensammlern sind hinter unserem Geld oder unserer Zeit her. Nein zu sagen ist notwendig, wenn wir je über Zeit, Geld, Freiheit und Seelenruhe verfügen wollen. Jeder Mensch hat das Recht, nein zu sagen.

Wie lernt man, jemandem zum ersten Mal nein zu sagen? Sagen Sie sich ein paarmal laut NEIN vor. Wie klingt das? Ungewohnt? Sicherlich anders. Wenn Sie angefangen haben, sich etwas behaglicher damit zu fühlen, dann probieren Sie es in der Welt draußen aus. Behalten Sie in Erinnerung, daß Sie immer das Recht haben, nein zu sagen, gleichgültig, wie Sie es sagen wollen. Sie haben das Recht, Ihre eigenen Interessen zu wahren. Setzen Sie sich ein Ziel. Zwingen Sie sich, während der nächsten Woche mindestens dreimal nein zu sagen, und spendieren Sie sich einen Stern in Ihrem Tagebuch, sooft Sie es schaffen. Die Person, zu der Sie nein sagen, wird Ihnen nicht an den Kragen gehen, und die Welt wird deswegen nicht in auseinanderbrechen. Sie können Ihr

Nein so höflich verpacken, wie Sie wollen, aber sagen Sie es. Nur selten sind Sie zu Erklärungen verpflichtet. Nein zu sagen braucht nicht unhöflich zu sein. Wenn man es richtig macht, ist es ein Zeichen von Rücksicht auf andere – und auf sich selbst. Sobald Sie sich daran gewöhnt haben, werden Sie es sich nicht mehr anders vorstellen können.

Üben Sie die folgenden Antworten ein:

- »Geben Sie mir Zeit, um mir das zu überlegen.«
- »Ich würde das gern für Sie tun, aber ich kann nicht sofort zusagen. Lassen Sie mir etwas Zeit, um zu schauen, ob ich es irgendwie einrichten kann.« (Man muß selten auf der Stelle ja sagen. Mit dieser Bemerkung verschaffen Sie sich Zeit, sich – nötigenfalls – eine Ausrede zu überlegen, aber die Übung besteht nicht darin, sich zu rechtfertigen, wenn Sie nein sagen wollen.) Sie erlangen auf diese Weise die Kontrolle und entscheiden selbst.
- »Ich bin geschmeichelt, daß Sie sich an mich gewandt haben. Ich würde Ihnen gern helfen, aber ich bin im Moment zu beschäftigt, um da einzusteigen.«
- »Das ist ein sehr aufmerksames Angebot, aber ich bin im Augenblick nicht in der Lage, es aufzugreifen.«
- »Es tut mir leid, daß Sie dieses Problem haben, aber ich fürchte, es ist uns diesmal einfach nicht möglich, Ihnen zu helfen.«
- »Wir schätzen Ihre Abendgesellschaften sehr, aber ich fürchte, daß wir an dem genannten Tag verhindert sind.«

Und zu einem Spendensammler, der Sie geradeheraus fragt, weshalb Sie nichts beitragen wollen, könnten Sie lächelnd sagen: »Aus Fiesheit.« Sich mit einem Scherz aus der Affäre zu ziehen ist die höhere Kunst des Neinsagens. Bei Kindern und Jugendlichen kommt dies besonders gut an.

Sich verändern

Es ist nicht leicht, alte Gewohnheiten zu ändern. Man muß quasi so tun, als sei man jemand anderer. Man muß aufhören, von dem Lotteriegewinn zu träumen, dem märchenhaften Glücksfall oder dem romantischen Millionär, der einem unter die Arme greift – auf diese Dinge werden Sie ewig warten. Seien Sie statt dessen stolz auf sich und Ihre Fähigkeiten, und gewöhnen Sie es sich ab, auf sich selbst herumzuhacken. Wenn Sie so tun, als ob Sie sicher wären, daß auch Sie zählen – auch wenn Sie noch gar nicht richtig daran glauben –, dann werden Sie Veränderungen des Bildes erleben, das andere von Ihnen haben; und schließlich werden Sie merken, daß man Sie auch anders behandelt. Ihr Selbstvertrauen wird zunehmen, und damit befinden Sie sich auf der Aufwärtsspirale zum Erfolg.

Viele Leute verbringen einen Großteil ihrer Zeit damit, über vergangene Ereignisse nachzugrübeln und davon zu träumen, was in Zukunft geschehen könnte. Hirngespinste, wie den Jackpot zu knacken, sich in einen Millionär zu verlieben oder berühmt zu werden, mögen Sie zwar die Ge-

genwart vergessen lassen, aber sie bringen Sie Ihrem Ziel nicht näher. Selbstunsichere Menschen kritisieren sich bei jeder Gelegenheit selbst. Sie erinnern sich an ihre Fehler und vergessen ihre Erfolge. Sie beneiden die Erfolgreichen und mißgönnen all jenen ihre Leistungen, die nicht herumsaßen und darauf warteten, daß die Göttin Fortuna ihnen auf die Sprünge helfen würde, all jenen, die vorwärtsgekommen sind und etwas aus ihrem Leben gemacht haben.

Denken Sie immer wieder daran, daß es Ihr Hauptziel ist, sich selbst zu mögen und trotz Ihrer Fehler Mitgefühl mit sich zu haben. Sie werden anfangen, Ihre Bedürfnisse frei von Schuldgefühlen zu befriedigen und sich für jeden Versuch zu loben – selbst wenn er Ihnen mißlingt. Und fragen Sie sich ständig: »Was brauche ich?« und »Was ist richtig für mich?«

Es ist ungeheuer aufregend zu entdecken, daß man sich mit seinen eigenen Gedanken und Taten das Leben aufbauen kann, das man sich schon so lange gewünscht hat. Aber bevor Sie auch nur die kleinsten Änderungen vornehmen, müssen Sie zuerst akzeptieren, daß Sie für das, was Ihnen zustößt, weitgehend selbst verantwortlich sind und daß Sie und Sie allein es sind, die oder der die Veränderung herbeiführen kann, wenn sich Ihre Lebensumstände ändern sollen.

Kapitel 8

Historischer Rückblick

Die Idee, daß wir uns mit den negativen Einflüssen in unserer Vergangenheit auseinandersetzen und die Verantwortung für unser inneres Selbst übernehmen müssen, ist, seit Sigmund Freud (1856–1939) um die Jahrhundertwende seine Arbeit begann, von zahllosen Psychologinnen und Psychotherapeuten in verschiedenster Weise entwickelt und erweitert worden.

Die klassische Psychoanalyse

Freud begründete die Psychoanalyse, um den Ursprüngen psychologischer Probleme auf die Spur zu kommen. In seinem umfangreichen Werk vertritt er die Auffassung, daß in unserer Psyche verschiedene Kräfte miteinander in Widerstreit liegen. Diese sich bekämpfenden Kräfte bezeichnete er als das Über-Ich (die moralische Kontrollinstanz), das Es (die Triebkomponente) und das Ich (das eine Art Schiedsrichterfunktion ausübt). Auf seinen Theorien bauen viele der heutigen psychologischen Schulen auf. Den größten Teil seiner genialen Fähigkeiten verwandte Freud auf die Untersuchung der psychologischen Mechanismen und der Rolle, die Sexualität und Aggression in der menschlichen Entwicklung spielen. Die Frage, wie wir die Dinge ändern können, beschäftigte ihn weniger.

Zu den wichtigsten gegenwärtigen psychotherapeutischen Schulen zählen:

Hypnotherapie

Die Hypnotherapie geht auf *Franz Anton Mesmer* (1734–1815) zurück. Mesmer betrachtete die Hypnose als einen Vorgang, der den Klienten in einen anderen »Bewußtseinszustand« versetzt. Der Trancezustand ist jedoch in der Regel nicht ganz so dramatisch, wie es die Demonstrationen von Hypnotiseuren auf der Bühne oder im Fernsehen suggerieren. Die hypnotische Trance ist ein schlafähnlicher Zustand. Die normalen Planungsfunktionen sind herabgesetzt, und der sich in Trance Befindliche wartet still auf die Anweisungen des Hypnotiseurs. Der Hypnotisierte hört nur eine Stimme und blendet alle anderen aus. Er oder sie kann völlig in einer suggerierten Rolle aufgehen.

Während und nach der Hypnose gegebene Vorschläge sollen die Patientinnen und Patienten dazu ermutigen, bestimmte Verhaltensmuster zu verändern und Suchtverhalten und Gewohnheiten wie Trinken und Rauchen oder Nägelbeißen abzulegen. Diese Versuche erweisen sich oft als erfolgreich.

Analytische Psychologie

Die Analytische Psychologie wurde von *Carl Gustav Jung* (1875–1961) begründet, der wie Sigmund Freud ausgebildeter Arzt war. Jung befaßte sich eingehend mit so komplexen Themen wie verbaler Assoziation, Mythologie, Religion, Telepathie, Spiritismus und Träumen, ja sogar mit fliegenden Untertassen. Im Vordergrund seines Interesses stand das »ererbte kollektive Unbewußte«. Dies war Jungs Bezeichnung für jenen Aspekt des Unbewußten, den alle Menschen miteinander gemein haben und der universelle Ideen und Bilder (sogenannte Archetypen) enthält.

Jung wandte sich dem weiten Feld der Mythologie zu und erforschte die Rolle, die die Archetypen im Leben des einzelnen spielen. Bei seiner Therapie geht es um eine tiefschürfende Deutung dieser Symbole, wie sie sich in unseren Träumen manifestieren.

Humanistische Psychotherapie

Die humanistische Schule der Psychotherapie ist weitgehend das Werk von *Abraham Maslow* (1908–1970), der seine eigenen, unverwechselbaren Auffassungen vertrat. Er bereicherte die zeitgenössische Psychologie um eine Reihe neuer, wichtiger Wertvorstellungen. Seiner Ansicht nach konzentrierte sich die Psychologie zu stark auf neurotische und gestörte Aspekte des Menschen und auf das Erklärbare. Maslow entwickelte eine klientenzentrierte und nicht-direktive Therapieform, in der Selbstentfaltung, Wissen und Verständnis im Vordergrund stehen. *Carl Ro-*

gers (1902–1987), ein weiterer Vertreter der Humanistischen Psychologie, benutzte als erster den Begriff »Counseling« (Beratung) statt Psychotherapie.

Verhaltenstherapie

Zur behavioristischen Schule zählt man verschiedene Formen von Verhaltenstherapie, die alle annehmen, daß es möglich sei, neurotische Verhaltensweisen, zwanghafte Charakterzüge und Lernschwierigkeiten objektiv und unabhängig von der übrigen Persönlichkeit eines Menschen zu behandeln. Diese Form der Therapie wurde von *B. F. Skinner* (1904–1990) begründet. Skinner glaubte, daß Menschen dazu konditioniert werden können, glücklich zu sein.

Die meisten modernen Psychologen sind sich darin einig, daß das eigentlich Entscheidende am Menschen sein Verhalten sei. Die Verhaltenstherapie ist im Grunde eine Lerntherapie. Sie geht davon aus, daß bestimmte Symptome (wie z. B. Ängste oder Hemmungen) angelernt worden seien und deshalb auch neu gelernt werden können. Verhaltenstherapie wird häufig zur Heilung von Phobien (zum Beispiel Platzangst) eingesetzt.

In den fünfziger Jahren entstanden viele weitere psychologische Schulen. Ihre Ansätze zielten darauf ab, Menschen zu helfen, mit ihren innersten Gedanken in Berührung zu kommen. Sie wollen Menschen unterstützen, die vorwärtsgehen und Veränderungen vornehmen wollen. *Gregory Ba-*

teson (1904–1980) und andere haben die Natur der Interaktionen zwischen den Menschen eingehend untersucht. Ihre Erkenntnisse führten zu neuen Therapieformen, die heute von vielen PsychotherapeutInnen benutzt werden.

Transaktionanalyse nach Eric Berne

So entwickelte *Eric Berne* (1911–1970), dessen Laufbahn in den fünfziger Jahren begann, das Konzept der Transaktionsanalyse. Dies ist ein einfaches Instrumentarium, um Veränderungen in unserem Leben vorzunehmen. Berne erläutert seine Theorie in Worten, die alle verstehen können. Er benennt die Dinge, die hinter unserem negativen Verhalten stehen, und lehrt uns, wie wir vorankommen können. Seine Methode zielt darauf ab, die inneren Ängste zu beruhigen, die uns hemmen. Dies hilft uns, zu wachsen und uns von früheren Ereignissen zu distanzieren, die uns belasten und sich negativ auf unser Verhalten auswirken.

Wie wir gesehen haben, empfangen wir von den Menschen in unserer Umgebung verschiedene Botschaften. Wir versuchen dann, uns auf diese vielen Botschaften einen Reim zu machen. Wir müssen im Lauf unserer Entwicklung lernen, uns vor Augen zu halten, daß LehrerInnen, Freunde, Eltern, Nachbarn, Familienangehörige, Kirchenvertreter, die Polizei und die Medien uns fortwährend mit ihren Botschaften eindecken. Botschaften wie die folgenden bleiben in unserem Unbewußten haften und erklingen immer wieder in unserem Kopf:

- »Iß nicht mit offenem Mund.«
- »Zeige nicht mit dem Finger.«
- »Große Jungen weinen nicht.«
- »Ohne Fleiß kein Preis.«
- »Selig sind die Sanftmütigen, denn ihrer ist das Himmelreich.«
- »Ehrlich währt am längsten.«
- »Manieren machen einen zum Menschen.«
- »Wenn du nicht etwas Nettes sagen kannst, dann sag gar nichts.«
- »Sitze wie eine Dame.«
- »Ein Mann weint nicht.«
- »Warum kannst du nicht wie dein Bruder sein?«

Ich bin sicher, daß Ihnen Dutzende weitere Sprüche und Lebensregeln einfallen werden. Berne vertritt die Auffassung, daß im Kopf jedes Menschen ständig solche Botschaften ablaufen. Wir machen aus ihnen Gebote oder Verbote, an die wir uns zu halten haben.

Nach Berne tragen wir drei Persönlichkeitsinstanzen in uns: *Eltern-Ich, Erwachsenen-Ich* und *kindliches Ich.* Das Eltern-Ich ist die Instanz bzw. die innere Stimme, die uns unterstützt und stärkt, gleichzeitig aber auch unsere Selbstkritik in Gang setzt. Das Eltern-Ich spielt Botschaften ab wie »Es ist unhöflich, jemanden zu unterbrechen«, »Jungen weinen nicht« und »Eine junge Dame sitzt nicht so«.

Das kindliche Ich ist der Persönlichkeitsaspekt, der wunderbar spontan sein kann, aber auch mit dem Fuß aufstampft, aufmüpfig und manchmal frech ist. Das Kind reagiert offen, impulsiv und natürlich und wird von Gefühlen beherrscht. Unser inneres Kind bleibt uns während unseres ganzen Lebens erhalten. Das Kind möchte ständig gefallen, brav sein und anerkannt werden, aber es ist auch recht rebellisch: »Ich will nicht, und wenn du dich auf den Kopf stellst!« Das Kind irritiert und verärgert, es fordert uns heraus, gegen die Regeln zu verstoßen, ermutigt uns, mit dem Wind um die Wette zu laufen, es ist leichtsinnig und zu Späßen aufgelegt. Unser inneres Kind schmollt manchmal, es fühlt sich gekränkt, wenn andere nicht auf unsere Stimmungen eingehen; aber es erlaubt uns auch, über die Schmerzen anderer Menschen und über sentimentale Bücher und Filme zu weinen. Die Botschaften, die das Kind in unserem Kopf abspielt, lauten: »Warum ich?« und »Das ist nicht fair.«

Das Erwachsenen-Ich ist dagegen die kluge, realistische und angepaßte Seite unserer Persönlichkeit. Der Erwachsenenanteil unserer seelischen Grundstruktur ist der vernünftige, rationale Aspekt unserer Persönlichkeit. Er ist logisch, reif und verantwortungsbewußt. Er erduldet Schmerzen und macht Pläne für die Zukunft. Er setzt sich aus Eltern, Autoritätsfiguren und Beschützern unserer Kindheit zusammen. Seine Emotionen passen besser zu den Situationen, in denen wir uns jetzt befinden. Berne meint, unser Gehirn sei wie ein Computer, den man mit Informationen speist und der die richtige Antwort liefert. Das bedeutet nicht, daß der Erwachsenenanteil unseres

Gehirns keine Gefühle hat, sondern daß diese Gefühle dem Anlaß angemessener sind. Alle Reaktionen unseres Erwachsenen-Ichs basieren auf Erfahrungen, die wir während der wichtigen frühen Jahre machten.

Wir können unsere inneren Vorgänge anhand der Interaktionen dieser drei wichtigen Instanzen oder Persönlichkeitsaspekte erklären. Mit Hilfe von Bernes Theorie können wir manchen unserer Gefühle auf den Grund gehen und unsere Reaktionen und die anderer besser verstehen.

Berne nimmt an, daß wir die meisten Dinge als kleine Kinder ganz natürlich von den uns umgebenden Erwachsenen lernen. Zu diesen Erwachsenen zählen alle Menschen in unserem jungen Leben, die Elternaufgaben übernehmen. Das können auch Stief- oder Pflegeeltern, Kindergärtnerinnen, Internatserzieher, Großeltern, Tanten und Onkeln, kurz all jene Menschen sein, die eine bedeutsame Rolle in unserer Erziehung spielen. Kindheitserfahrungen geben unserem Leben Form und Farbe, und sie haben einen prägenden Einfluß auf unsere Persönlichkeit, die sich herauskristallisiert aus einem Gewirr von Träumen, Hoffnungen und Zukunftsplänen. Dieses Gewirr seinerseits setzt sich zusammen aus den Botschaften, die wir von den ersten Lebensmomenten an empfangen: Mienenspiel, Liebkosungen und beruhigende Worte – all dies wird registriert und in eigener Weise definiert. Später kommen Liebesworte, Freude, Zärtlichkeit, aber auch Wut und Ablehnung zu diesem Wissen hinzu. In der Regel sind die meisten unserer Kindheitserfahrungen bekömmlich, aber manchmal wird das Kind im Erwachsenen übermächtig. Es kann auf den reifen Menschen starken Einfluß gewinnen, und mancher verliert dadurch viel von seinem Selbstvertrauen. Obwohl der Erwachsene meist ziemlich genau weiß, wie er in einer bestimmten Situation handeln sollte, kann es vorkommen, daß ihn sein inneres Kind sabotiert und er sich dadurch sehr unbehaglich fühlt. Wenn diese inneren Konflikte andauern, werden wir häufig selbstunsicher, und es fällt uns schwer, Entscheidungen zu treffen. Oft nehmen wir nicht wahr, was vor sich geht. Unsere Energie schwindet, und wir fühlen uns niedergeschlagen und verwirrt.

Susans Mann war mit ihrer Cousine im Bett ertappt worden. Susan hatte sich immer für eine verständnisvolle und versöhnliche Person gehalten. Sie hatte manchen ihrer Freundinnen durch ähnliche Erfahrungen hindurchgeholfen und sie stets ermutigt, die Dinge mit ihren Partnern zu besprechen, zu verzeihen und zu vergessen. Aber diesmal hatte es sie selbst getroffen. Als ihr David gestand, was er getan hatte, spürte sie einen so heftigen Gefühlssturm in sich aufsteigen, daß sich ihr Kopf vernebelte und sie rasch die Kontrolle über ihre Emotionen verlor. Ihr wurde übel und schwindlig. Sosehr sie sich auch einzureden versuchte, daß es ihm wirklich leid tue und daß er jedes Wort seines Versprechens, so etwas nie wieder zu tun, ernst meine – die Gefühle waren immer noch da. Sie konnte nichts essen und verlor an Gewicht. Eine Weile wohnte sie bei ihrer Schwester, die Susan überredete, David eine zweite Chance zu geben. Sie half ihr, sich dazu durchzuringen, die Dinge ins reine zu bringen. Susan liebte David immer noch. Sie unternahm den Versuch einer Versöhnung, aber Wut und Eifersucht quälten sie nach wie vor. Bilder des Treuebruchs überschwemmten sie. Susan wurde depressiv. Sie hatte das Gefühl, ihr breche das Herz, und sie dachte, sie werde es nie schaffen, ihm zu verzeihen, sosehr sie sich auch bemühen möge. Die unvermeidliche Folge werde sein, sagte sie sich, daß sie ihn endgültig von sich forttreibe.

Susans Eltern-Ich spielte folgende Botschaften ab:
- »Was werden die Leute denken, wenn du, nach dem, was er getan hat, bei ihm bleibst?«
- »Alle werden dich für schwach halten, wenn du ihm keine Lektion erteilst.«
- »Er kann dich unmöglich lieben, wenn er mit jemand anderem geschlafen hat.«

Ihr inneres Kind flüsterte ihr ein:
- »Das ist nicht fair – meine Cousine hat mir alles weggenommen, was mir gehört.«
- »Ich werde schmollen und mich selbst krank machen – das wird ihm eine Lehre sein.«
- »Wenn ich ihn verlasse, wird es ihm leid tun.«
- »Was habe ich getan, daß er aufhört, mich zu lieben?«

– »Wenn ich David schlecht behandle, wird er mich verlassen, und dann werde ich einsam sein.«

Das Kind fühlte sich ungeliebt, und als diese Gefühle zutage traten, weinte Susan herzzerreißend. Danach holte sie endlich tief Atem und versuchte, sich wieder in die Hand zu bekommen.

Nach den Tränen und zornigen Worten, nach dem Geschrei und den unbeherrschten Gefühlsausbrüchen gelang es Susans Erwachsenen-Ich, wieder Fuß zu fassen. Sie gewann Abstand von der Situation, die ihr so lange hoffnungslos schien. Susan fing an, das Problem als Herausforderung anzusehen. Sie sagte David, wie hin- und hergerissen sie sich innerlich fühle und daß sie glaube, sie bedürften der professionellen Hilfe eines Therapeuten, um ihre Schwierigkeiten zu bereinigen. Auch David hatte mit Schuldgefühlen und Selbstvorwürfen zu kämpfen. Aber mit Hilfe einer Therapeutin gelang es ihnen, ihren Konflikt zu lösen und auf eine gemeinsame Zukunft hinzuarbeiten.

Damit ein Problem mit Hilfe von Bernes Transaktionsanalyse aufgearbeitet werden kann, müssen alle drei Persönlichkeitsinstanzen auf der Ebene von Gleichberechtigung und gegenseitiger Achtung zusammenkommen. In seinem populären Buch *Ich bin okay, du bist okay* (rororo-Taschenbuch 6916) stellt Thomas A. Harris die Theorie eingehender dar. Die Lektüre lohnt sich.

Wilder Penfield

Für die Psychotherapie waren die fünfziger Jahre eine wichtige Zeit. Damals gelang dem berühmten Neurochirurgen *Wilder Penfield* von der McGill-Universität in Montreal (1891–1976) im Zuge der Behandlung von Epilepsiepatienten ein wichtiger Durchbruch in der Gehirnforschung. Er entdeckte, daß mit einer Stimulierung bestimmter Zonen im Gehirn vergangene Ereignisse detailliert erinnert werden und die damit verbundenen Gefühle so intensiv durchlebt werden, wie wenn das betreffende Ereignis eben erst geschehen wäre. Penfield vertrat auch die Auffassung, daß ein Ereignis und die damit verknüpften Gefühle im Gehirn untrennbar miteinander verschmolzen sind, so daß das eine nicht ohne das andere aufgerufen werden kann.

Der genaue Vorgang der Speicherung dieser scheinbar nutzlosen Informationen ist chemischer Art und wird auch von Spezialisten noch nicht ganz verstanden. Aber eines ist klar: Die mit einer bestimmten Erinnerung assoziierten Gefühle bleiben bestehen, auch nachdem die eigentliche Erinnerung verblaßt. Diese gespeicherten Gefühle beeinflussen die Art und Weise, wie wir auf bestimmte Situationen reagieren. Eine Umarmung kann uns ein gutes Gefühl geben, weil sie Erinnerungen an Umarmungen weckt, die uns vor langer Zeit erfreut haben. Wenn Umarmungen jedoch weniger angenehme Gefühle wiederbeleben, kann das Gegenteil eintreten. Dann fällt es uns möglicherweise schwer, jemand an uns heranzulassen.

Musik, Gerüche, Anblicke und Geräusche – all dies kann noch Jahrzehnte nach den Ereignissen intensive Erinnerungen und die damit verbundenen Gefühle wachrufen. Sind Sie beim Hören eines bestimmten Musikstücks je von Traurigkeit überwältigt oder aufgeheitert worden? Oder löst der Geruch einer bestimmten Blume, das ferne Dröhnen eines Flugzeugs oder der Anblick eines vertrauten Gesichts Ihre heftigsten Gefühlsreaktionen aus? Irgendwo in Ihrem Gedächtnis vergraben gibt es sicherlich schmerzliche, traurige, glückliche und andere emotionale Reaktionen, die von einer dieser Sinneserfahrungen wachgerufen werden.

Kathrin verlor ihre Mutter, als sie noch ein kleines Kind war. Bei Familienfeiern hatte ihre Mutter manchmal einen Zylinder aufgesetzt, war mit dem silberverzierten Spazierstock ihres Großvaters im Zimmer auf- und abgegangen und hatte dabei ihre Version eines populären Schlagers aus dem Zweiten Weltkrieg, »The Lambeth Walk«, gesungen. Kathrin empfand den Tod ihrer Mutter als Katastrophe. Es war deshalb kein Wunder, daß sie, sooft dieser Schlager ertönte, von Gefühlen der Traurigkeit überschwemmt wurde. Ich lernte sie Jahre später kennen, als sie endlich angefangen hatte, ihren Kummer durchzuarbeiten. Am Ende war sie imstande, »Mutters Lied« zu hören, ohne sich in Tränen aufzulösen, aber es machte sie noch immer traurig.

Eine zusammenfassende Theorie: der innere Feind

Bei meiner Suche nach verschiedenen Möglichkeiten, mit seelischen Konflikten umzugehen, stieß ich auf einige erhellende Bücher des Autors *George R. Bach* (geb. 1914). Er vertritt die Auffassung, unsere inneren Konflikte würden von Dämonen ausgetragen, die an unserer Verwirrung und dem inneren Chaos schuld seien. In seinen Büchern *Halt! Mach mich nicht verrückt. Verdeckte Konflikte offen lösen* und *Ich liebe mich – ich hasse mich. Fairness und Offenheit im Umgang mit sich selbst* (rororo-Taschenbuch 7891) erklärt er, daß sich »tiefsitzende Unzufriedenheit im Kontext intimer Beziehungen auf destruktive Weise äußert«, und er schildert seine Methode des Umgangs mit diesen inneren Dämonen, welche die Betroffenen in die Lage versetzen soll, eine Balance zwischen ihren positiven und negativen Stimmen aufrechtzuerhalten.

Bachs Erläuterungen brachten für mich all die unterschiedlichen Theorien und Techniken zur Herbeiführung von Veränderungen auf den Punkt. Ich übernehme von ihm die Vorstellung, daß jeder von uns eine Art von »persönlichem Quälgeist« in sich trägt, der sich aus all den bösen Geistern in unserem Unbewußten zusammensetzt und uns veranlaßt, uns Veränderungen zum Besseren zu widersetzen.

Wenn wir unsere Lebensführung verändern wollen, müssen wir diesen inneren Feind besser kennenlernen. Wir müssen ihm bessere Manieren beibringen, und wir müssen ihm Paroli bieten.

Bachs Quälgeist setzt sich aus allen unseren früheren Kränkungen zusammen, und er scheint auch Bernes drei Ichs, Freuds Ich/Über-Ich/Es, Jungs kollektives Unbewußtes und all die Botschaften und Instruktionen, die in unserem Kopf ablaufen, in sich zu vereinigen. Er ist die Instanz, der wir die Schuld an unseren selbstunsicheren Charakterzügen geben können. Er ist der Giftzwerg, der immer Sand in unser Getriebe streut, der Bösewicht, der uns das Gefühl gibt, unserer Lern- und Leistungsfähigkeit seien enge Grenzen gesetzt. Er tut sein Bestes, damit die Dinge schiefgehen. Er verlockt uns, zuviel zu essen. Er führt uns mit Zigaretten in Versuchung, so daß wir zu viel rauchen; er schwächt unseren Widerstand gegen andere Suchtmittel wie Alkohol oder das bescheidene Koffein, und danach macht er uns erst noch schreckliche Schuldgefühle.

Sie können diese innere Stimme (wem auch immer Sie sie zuschreiben wollen) hörbar machen und Ihren Quälgeist kennen- und verstehen lernen. Sie können ihm entgegentreten und mit ihm diskutieren, und mit der Zeit werden Sie auf Ihrem Weg zum Positiven manche Gefechte gewinnen. Sie werden anfangen, Ihr Leben selbst in die Hand zu nehmen.

Stellen wir uns mit Bach vor, daß uns unser Quälgeist in dem Maße, in dem wir alle erzieherischen Botschaften verinnerlicht haben, unter Druck setzt und Zwang auf uns ausübt. Viel von dem, was er uns einflüstert, bewahrt uns vor (tatsächlichem oder eingebildetem) Schaden. So hält er uns davon ab, mit scharfen und spitzen Gegenständen und mit

Feuer zu spielen und zu nahe an den Rand eines Abgrunds heranzutreten. Er hält uns davon ab, über dünnes Eis zu gehen und mit Fremden zu sprechen. Das Problem ist, daß wir manche dieser Botschaften durcheinanderbringen. Oft widersprechen sie sich auch. Die Erwachsenen, die uns großzogen, predigten oft Wasser und tranken Wein. Sie erklärten, wie wichtig es sei, die Wahrheit zu sagen, und dann nötigten sie uns, dem Versicherungsvertreter zu sagen, sie seien nicht zu Hause. Sie warnten uns vor den Gefahren des Rauchens, während sie nach der vierzigsten Zigarette des Tages griffen. Und vor einer Hausbar voll Schnaps und Whisky wollten sie uns darüber aufklären, daß Alkohol unser Leben zerstört. Wenn die Botschaften zu verwirrend wurden, mußten wir irgendeinen Sinn in sie hineinbringen. Kein Wunder, daß da manches durcheinandergeriet.

Sind die Botschaften klar und schlüssig, dann stellen sie einen starken positiven Einfluß dar. Vielleicht können Sie sich wie Bach vorstellen, daß Ihr Quälgeist all diese Erfahrungen benutzt, um Sie auf die Probe zu stellen. Das kann Ihnen auf Ihrem Weg der Selbstentdeckung helfen.

Unsere inneren Auseinandersetzungen sind auf vielerlei Weise geschildert worden. Manche betrachten sie als Konflikt zwischen Gut und Böse, manche als Zusammenprall unserer höheren und niedrigeren Natur und manche als Stimmen unseres inneren und äußeren Selbst. Eines ist sicher: Wir sind alle äußerst komplizierte Charaktere mit vielen Facetten. Manche setzen ihre positive Seite mit Gerechtigkeit gleich, andere mit Klugheit; die meisten von uns sehen darin Liebe. Aber für uns alle trifft zu, daß unsere positive Seite ständig im Kampf mit der destruktiven liegt, und diese destruktive Seite in uns in ihren vielen Verkleidungen ist es, die ich mir (wie Bach) als Quälgeist vorstelle.

Bevor man seinen Fuß auf die erste Sprosse der Selbstsicherheitsleiter setzt, muß man sich darauf konzentrieren, diese innere Stimme zu vernehmen. Lernen Sie Ihren Quälgeist kennen, der Ihnen fast alles vermasselt, was Sie anpacken. Weisen Sie ihn in die Schranken. Treten Sie ihm entgegen, diskutieren Sie mit ihm, und mit der Zeit werden Sie manche dieser Auseinandersetzungen für sich entscheiden.

Sie können leben, ohne sich gewohnheitsmäßig schuldig zu fühlen. Sie können die Dinge tun, an deren Verwirklichung Sie nie zu glauben wagten, von denen Sie bloß träumten, während Sie versonnen aus dem Küchenfenster schauten oder geistesabwesend den Bildschirm anstarrten. Lassen Sie los, und seien Sie zur Abwechslung einmal kindlich und ungehemmt. Seien Sie glücklich.

Sprechen Sie mit Ihren Freundinnen oder Freunden über Ihre inneren Stimmen. Sie werden auf überraschende Ähnlichkeiten und Unterschiede stoßen. Manche dieser Stimmen haben Sie wahrscheinlich gehemmt, seit Sie sich erinnern können. Leisten Sie Detektivarbeit, und notieren Sie Ihre Erkenntnisse in Ihr Tagebuch. Lesen Sie es jeden Tag durch, und machen Sie sich bewußt, was Ihre innere Stimme Ihnen eingeflüstert hat. Nehmen Sie nicht sofort

Veränderungen vor, hören Sie bloß zu, und beobachten Sie, was vor sich geht. Versuchen Sie herauszufinden, warum Sie sich einer bestimmten Herausforderung nicht gestellt haben. Fragen Sie sich, welcher Teil Ihres Unbewußten Ihnen suggerierte, Sie seien nicht fähig, diese Aufgabe zu lösen, sie sei zu schwierig oder nicht das Richtige für Sie. Denken Sie daran, daß Ihr Quälgeist sehr raffiniert ist. Er wird als Grund, weshalb er Sie hemmt, anführen, er wolle Ihnen ersparen, daß Sie sich verletzen, blamieren oder sich lächerlich machen – und wenn Sie weiterhin auf ihn hören und seinen Worten Glauben schenken, werden Sie im alten Trott weitermachen. Wenn Sie aber Ihrem Quälgeist klarmachen, daß er aufhören muß, seine Nase in Ihre Angelegenheiten zu stecken, und wenn Sie anfangen, ein paar Risiken einzugehen (ganz kleine zunächst, wie sich anders zu frisieren und zu kleiden oder ein exotisches Essen zu kochen) –, werden Sie erkennen, daß das nicht halb so riskant ist, wie es zunächst schien.

Kapitel 9
Kommunikation und Körpersprache

Einen anderen Menschen kennenlernen und mit ihm – auf welcher Ebene auch immer – Intimität teilen können Sie nur, wenn Sie bereit sind, mit ihm zu sprechen, ihm zuzuhören und ein Gespür für seine Bedürfnisse zu entwickeln. Diese grundlegende Fähigkeit macht zusammen mit der Beherrschung der Körpersprache und einem Schuß Intuition die Kunst der Kommunikation aus. Manche beherrschen sie von Natur aus, die meisten aber müssen sie mühsam erlernen. Es ist eine subtile Kunst, die sich aus Alltagserfahrungen entwickelt. Wie alle anderen sind auch diese Kompetenzen erlernbar.

Um ein guter Kommunikator zu sein, müssen Sie zunächst ein guter Zuhörer sein. Zum Zuhören gehört mehr, als sich bloß Worte um die Ohren wehen zu lassen. Um gut zuzuhören, müssen Sie sich konzentrieren und die Äußerungen des anderen interpretieren und verstehen. Sie müssen fähig sein, zwischen den Zeilen zu lesen. Ein guter Zuhörer versucht zu verstehen, was einem der andere eigentlich sagen will, und läßt ihn oder sie dann wissen, daß er verstanden hat. Er schenkt dem Sprecher seine volle

Aufmerksamkeit und zeigt sein Interesse durch subtile Verwendung von Blickkontakt.

Die Kommunikation bestimmt die Qualität unserer Beziehungen zu all jenen, mit denen wir in Kontakt kommen. Und wenn ein Element der besagten Mischung fehlt, kann es sehr leicht vorkommen, daß man irreführende Botschaften empfängt. Stellen Sie sich zum Beispiel vor, Ihr Auto wird auf einer Spanienreise von einer Polizeistreife angehalten. Mit erhobener Stimme läßt der Beamte eine Suada los, die wie eine Rüge klingt. Ihre Spanischkenntnisse sind beschränkt. Haben Sie Angst? Wahrscheinlich! Ihre Gedanken überschlagen sich. »Wie winde ich mich da heraus?« Sie sehen sich bereits als Insasse eines spanischen Gefängnisses und fragen sich: »Was zum Teufel habe ich falsch gemacht? Was soll ich bloß sagen?«

Sie zeigen dem Ordnungshüter zunächst einmal Ihren Paß, und die paar Brocken Spanisch zusammenklaubend, die Ihnen in Ihrer Panik noch geblieben sind, erklären Sie ihm, daß Sie ihn nicht verstehen. Der Beamte wirft einen Blick in Ihren Paß und lächelt. In perfektem Deutsch erwähnt er, daß seine Frau Deutsche sei und aus Hannover stamme. Sie tun einen tiefen Atemzug, einen Seufzer der Erleichterung. Auf Ihre Frage, warum Sie gestoppt wurden, erklärt Ihnen der Beamte, die Straße sei weiter vorn wegen Steinschlags gesperrt, und er rate jedem, bei der nächsten Kreuzung links abzubiegen.

Kommunikation ist der Schlüssel. Aus diesem Beispiel können Sie ersehen, daß sowohl nonverbale als auch verbale Kommunikation unsere Beziehungen bestimmt. Natürlich ist es wertvoll, wenn wir fähig sind, all jenen, die unseren Weg kreuzen, unsere Wünsche, Gefühle und Bedürfnisse zu vermitteln; aber es genügt noch nicht. Ohne Einfühlung, Respekt und Sensibilität wird ein selbstsicherer Mensch zu einem Elefanten im Porzellanladen, der über die Gedanken, Gefühle und Meinungen anderer hinwegtrampelt. Selbstsicher zu kommunizieren bedeutet also auch, Empathie für die Person aufzubringen, mit der man spricht. Empathie heißt, sich in den anderen zu versetzen und zu versuchen, die Welt mit seinen Augen zu sehen. Ein Gespräch ist eine Mischung aus Beobachtung, Empathie bzw. Einfühlung, Zuhören und Respekt. Gehen Sie nie davon aus, daß alles, was Sie wissen oder glauben, absolut wahr ist. Alle unsere Meinungen sind gefärbt von Vorlieben, Annahmen und Konditionierungen. Jeder Mensch hat ein Recht auf seinen Standpunkt (auch wenn Sie ihm nicht zustimmen), er oder sie sollte deswegen nie herabgesetzt oder lächerlich gemacht werden. Ein selbstsicherer Mensch läßt den Wunsch erkennen, den Standpunkt seines Gegenübers zu begreifen. Anderen seine Meinung aufzuzwingen ist arrogant und manchmal aggressiv. Es ist kein Zeichen von Selbstsicherheit. Wenn Sie anderen den Raum geben, Ihnen ihre Ideen und Meinungen mitzuteilen, werden Sie längerfristig daraus Nutzen ziehen. Sie werden feststellen, daß die Bereitschaft der anderen wächst, Ihnen ebenfalls Gelegenheit zu geben, über Ihre Gedanken zu sprechen.

Sich in der Gesellschaft von Leuten zu befinden, die über ein Expertenwissen verfügen, das Ihnen fehlt, kann einen ziemlich einschüchtern. Dabei kann es sich um Computerfachleute, Ärztinnen oder Automechaniker handeln. Es spielt keine Rolle, welches deren Gebiet ist. Das einzige, was für Sie in dem Moment zählt, ist, daß sie über Ihren Kopf hinweg sprechen. Sie fühlen sich dumm, und es kommt Ihnen vor, als ob niemand Sie zur Kenntnis nehme. Am Arbeitsplatz zeigt sich dies am deutlichsten zwischen dem Chef und seinen Untergebenen. Der Chef ist daran interessiert, die Firma zu leiten, Pläne für die künftige Entwicklung zu schmieden und bei Konferenzen den Vorsitz zu führen. Die Mitarbeiterinnen und Mitarbeiter sind mehr an ihrer aktuellen Tätigkeit interessiert: der Entwicklung neuer Computerprogramme, schnellerer Methoden zur Entfernung von Radkappen oder zur Reinigung der Krankenstation (bevor die Oberschwester in den Dienst zurückkehrt). Ihnen geht es um praktische Dinge. Kommunikation ist in dieser Situation von höchster Wichtigkeit, lassen Sie deshalb keine Gefühle von Unzulänglichkeit hochkommen. Bedenken Sie, daß sich auch ein höchst versierter und intelligenter Mensch in einer neuen Situation wie ein Fisch auf dem Trockenen fühlen kann.

Selbstunsichere Menschen haben oft mit großer Angst zu kämpfen, wenn sie ein Gespräch eröffnen müssen. Sie beginnen ihre Sätze mit: »Äh«, »Hm«, »Entschuldigen Sie«, »Es tut mir leid«, »Verzeihen Sie, wenn ich Sie störe«, »Hätten Sie was dagegen, wenn ich …« Kommt

Ihnen das bekannt vor? Sie erwarten oft von anderen, daß diese ihre Gedanken lesen können und erraten, was sie empfinden. Wie oft schon waren Sie ärgerlich, aufgebracht oder wütend, weil jemand nicht verstand, was Sie störte? Die andern begriffen nicht, daß Sie müde, krank oder überlastet waren. Sie wußten nicht, daß Sie völlig überarbeitet waren oder etwas Wichtiges zu tun hatten. Sie merkten nicht, daß Sie mit Ihren Kräften am Ende waren oder für die Arbeit, um die es ging, einfach kein Interesse aufbrachten. Natürlich wußten sie das nicht. Sie haben es den Leuten nicht gesagt, und die sind ja keine Hellseher!

Natürlich vermittelt die Körpersprache, auf die ich später eingehen werde, gewisse Anhaltspunkte, aber diese werden oft mißdeutet oder sogar übersehen. So kommt es vor, daß Sie immer wieder mißverstanden, falsch gedeutet und unfair behandelt werden, bis Ihnen – wumm! – der Kragen platzt – gewöhnlich wegen irgendeiner Bagatelle – und die Leute völlig erstaunt und konsterniert über Ihr Verhalten sind, das so gar nicht zu Ihrem Charakter zu passen scheint.

Worte sind bloß ein Mittel der Kommunikation unter anderen. Wir setzen sie mit all den anderen symbolischen und nonverbalen Instrumenten ein, die wir im Lauf der Jahre bewußt oder unbewußt erworben haben. Wirksame Kommunikation ist einfach die Organisation dieser Mittel, um sich klar verständlich zu machen. Kommunikation ist nur dann wirksam, wenn Ihr Zuhörer genau weiß, was Sie meinen.

Die Engländer bedienen sich oft des Wetters, um im persönlichen Kontakt das Eis zu brechen. Ein Interviewer wird seinem Interviewpartner nicht sofort eine komplizierte Frage stellen. Er wird gewöhnlich mit ein oder zwei unverfänglichen Fragen über die Lebensumstände und frühere Erfahrungen des Interviewten beginnen, bevor er auf die Knackpunkte zu sprechen kommt. In jeder Situation müssen wir eine gemeinsame Grundlage finden, um eine befriedigende Kommunikation in Gang zu bringen.

Beginnen Sie also mit den einfachsten und harmlosesten Einleitungsfloskeln. Nehmen wir an, Sie befinden sich im Wartezimmer des Zahnarztes. »Heiß hier drinnen, nicht wahr?« Dieser Eröffnungssatz gibt dem Angesprochenen Gelegenheit, Ihnen zu signalisieren, ob er zu einer Unterhaltung aufgelegt ist. Ein bloßes »Ja« mit abgewendetem Blick wird Ihnen klarmachen, daß der Angesprochene entweder nicht reden möchte oder daß er schüchterner ist als Sie. Lautet die Antwort jedoch: »Ja, in diesem Raum ist es immer heiß. Ich glaube, der Thermostat ist kaputt«, dann läuft die Sache. Sie haben den Kontakt aufgenommen und den Keim zu einer neuen Beziehung gelegt. Als nächstes können Sie eine Frage mit freier Antwortmöglichkeit versuchen wie: »Was führt Sie hierher?« Wieder wird Ihnen die Antwort einen Hinweis darauf geben, ob Ihrem Gegenüber an dem Thema gelegen ist oder ob er oder sie lieber die auf dem Tisch verstreuten Zeitschriften lesen würde. Manchmal zögern Menschen, über Dinge zu sprechen, die über allgemeine Themen wie das Wetter hinausgehen. Andere vertrauen einem ohne viel Ermunterung ihre ganze Lebensgeschichte an. Eine gute Gesprächseröffnung gibt dem Angesprochenen die Möglichkeit zu entscheiden, ob er mit Ihnen reden will oder nicht. Ohne es direkt zu sagen, haben Sie den anderen um Erlaubnis gebeten, seine Grenzen zu übertreten; er kann Ihnen die Erlaubnis geben oder verweigern.

Körpersprache

Die Körpersprache ist ein wichtiger und nicht immer richtig verstandener Aspekt der facettenreichen Kunst der Kommunikation. Unter Körpersprache versteht man ein komplexes System der Übermittlung von Informationen über Gefühle und Empfindungen durch nonverbale Kanäle (d. h. durch Kanäle außerhalb der Sprache). Körpersprache umfaßt Gesten, Körperhaltungen, Gesichtsausdrücke und andere nonverbale Signale. Diese Signale beeinflussen unmittelbar unsere Haltung einem Menschen gegenüber. Vom Kopf bis zu den Zehen senden wir Menschen Botschaften aus, die eine Sprache bilden – eine Körpersprache der Liebe, des Hasses und aller Schattierungen dazwischen.

Zweifellos geben Kleider Auskunft über die Menschen, die sie tragen, und über das Bild, das diese von sich haben. Dasselbe gilt für Körperhaltungen und Gesten. Mit tief in den Taschen vergrabenen Händen kann man vermutlich leichter den Eindruck erwecken, in einer Debatte unerschütterlich dazustehen. Wer die Fäuste ballt, verrät vielleicht Aggressionen, Wut oder Angst, und wer sich an den Aufschlägen seines Jacketts festhält, demonstriert möglicherweise Arroganz oder Stolz.

Vor der Brust verschränkte Arme können als Abwehr oder als Anzeichen des Ruhens in sich selbst gedeutet werden, oder sie können ein gewisses Mißtrauen signalisieren. Beobachten Sie einmal, wie manche Leute ihren Körper automatisch mit ihren Armen verschließen, wenn jemand etwas sagt, was sie nicht verstehen oder was ihnen gegen den Strich geht. Die Arme hinter dem Rücken aufzustützen und auf diese Weisc die Brust schutzlos preiszugeben kann ein Zeichen von Selbstvertrauen sein. Mit den Händen auf den Hüften oder den Daumen in den Gürtelschlaufen oder Hosentaschen wie in einem Pistolenhalfter eingehakt dazustehen kann Aggressivität oder Sexualität signalisieren.

Auch Füße sind manchmal verräterisch! An den Füßen sieht man jemandem an, ob er wütend oder frustriert ist. Sie können aufstampfen oder einem Stuhl oder einem imaginären Gegenstand einen Tritt versetzen, sie können aber auch beim Flirten unter dem Tisch zärtlich in Aktion treten. Man kann sie auf den Schreibtisch legen, um zu zeigen, daß man dieses Territorium besetzt hält oder besetzen möchte.

Wenn Sie bei Ihrem Gang durch eine Menschenmenge vorwärtskommen wollen, schauen Sie immer in die Richtung, in die Sie gehen. Tun Sie dies nicht, so werden Sie mit Entgegenkommenden zusammenstoßen. Wenn Sie das nächste Mal in eine Menschenmenge geraten, konzentrieren Sie sich also darauf, geradeaus zu schauen, und Sie werden sich ohne Mißgeschick Ihren Weg bahnen. Wenn Sie dagegen beim Gehen müßig um sich blicken, werden Sie ständig von Passanten angerempelt werden. Fußgänger registrieren, wo andere hinschauen und in welche Richtung sie gehen, ohne sich dessen bewußt zu sein. In Gang und Blickrichtung Zielstrebigkeit auszustrahlen kann einem viel Zeit ersparen, wenn man einen belebten Gehsteig entlangeilt.

Manche Männer und Frauen treffen beim Betreten eines Raumes im Handumdrehen ihre Wahl unter den vorhandenen potentiellen Liebespartnern und finden sich fast wie durch Zauberei in ein Gespräch mit ihnen verwickelt. Sie scheinen eingebaute Antennen zu haben, die diese verlockenden Schwingungen auffangen. Die Erforschung des Werbungsverhaltens von Tieren hat gezeigt, daß diese eine Reihe von Gesten benutzen, um ihre Paarungsbereitschaft zu signalisieren. Auch Menschen senden solche nonverbale Signale aus. Manche Menschen sind sich dieser Werbungsgesten deutlich bewußt, andere sind völlig blind für sie. Viele dieser Gesten bleiben durchaus unbewußt, andere werden mit voller Absicht eingesetzt. Besonders gut kann man diese Signale an einem Schwimmbecken oder am Strand beobachten. Haben Sie auch schon bemerkt, daß Leute ihren Bauch einziehen, ihre Haltung und ihren Gang überprüfen und ihren Kopf höher tragen, wenn sie jemanden erblicken, der ihnen gefällt? Lächelnd oder auch nicht gehen sie an der andern Person vorüber, dann kehrt ihre Haltung zum Normalzustand zurück.

In einem städtischen Umfeld zieht der Mann vielleicht seine Krawatte gerade, bürstet unsichtbaren Staub von seinem Mantel oder zupft an seinen Manschetten. Eine Frau streicht sich übers Haar, legt die Hände auf die Hüften und nimmt Blickkontakt auf. Man kann gewöhnlich davon ausgehen, daß Sexualität im Spiel ist, wenn die Hüften, Füße und Körper eines Paares beim Gespräch aufeinander ausgerichtet sind. Sexuelle Erregung bewirkt, daß sich die Pupillen erweitern und Gesicht und Hals sich etwas röten. Seit altersher legen Frauen deshalb Rouge auf, um dieses Erröten nachzuahmen und so den Eindruck sexueller Erregung zu erwecken.

Der intime Blick, der den Blick des Gegenübers für den Bruchteil einer Sekunde länger als normal festhält, kann aufreizend wirken. Männer, die sich mit zurückgezogenen Schultern und auf dem Gürtel oder in den Taschen ruhenden Händen hinstellen, betonen auf diese Weise ihre Körpergröße. Nach unten zeigende Daumen heben den Genitalbereich hervor. Um den begehrten Mann zu entflammen, neigen Frauen manchmal kokett den Kopf zur Seite, senken die Lider und halten den Blick des Mannes eine Sekunde lang fest, bevor sie sich abwenden.

Eine zusammengesunkene Körperhaltung und ein zur Seite geneigter Kopf können Unterwerfung signalisieren.

Mit solchen Mitteln werden die Positionen innerhalb einer Beziehung fixiert. Wer sich unterlegen fühlt, sinkt ständig in sich zusammen und macht einen unterwürfigen Eindruck. Je untertäniger sich jemand fühlt, desto tiefer beugt er seinen Rumpf. So unfair das scheinen mag – hochgewachsene Menschen strahlen mehr Autorität aus, besonders, wenn sie sich gerade halten. Die Zeiten sind vorüber, wo sich große Frauen genötigt fühlten, sich zu krümmen, um ihre Größe zu verhehlen. Glücklicherweise sind sie heute auf ihre zusätzlichen Zentimeter in der Regel stolz.

Wenn jemand mit hängenden Schultern dasteht, mit schweren Schritten geht und einen bedrückten Eindruck macht, dann sagt man, er trage das Gewicht der Welt auf seinen Schultern. Wahrscheinlich fühlt er sich auch genau so. Gefühle des Unglücks und ständige Sorgen können uns zermürben – und seelisch nach unten ziehen. Das zeigt sich auch in der Körperhaltung.

Auch Anspannung ist äußerlich erkennbar. Ein gestreßter Mensch wirkt oft steif und linkisch; er zieht die Schultern hoch, verspannt die Nackenmuskeln und hat Schwierigkeiten, den Kopf zu drehen. Wenn man in einer solchen Lage lernt, seinen Körper zu entspannen, dann kann dies auch eine seelische Lockerung bewirken. Entspannungstechniken sind unerläßlich, wenn Sie sich seelisch belastet oder abgespannt fühlen.

Trotz all dieser vertrackten Körpersignale besteht kein Grund, den Kopf hängenzulassen. Sie können eine Menge tun, um Ihr Leben glücklicher, erfüllter und aufregender zu machen. Neben einiger Übung erfordert dies bloß Umsicht und überlegtes Handeln.

Bei genauer Beobachtung werden Sie merken, daß Körpersprache der verbalen Kommunikation widersprechen kann. Ein einfaches Beispiel ist die Situation, wenn jemand sagt: »Natürlich liebe ich dich«, und dabei in unbewußter Leugnung den Kopf schüttelt. Bewegungen des ganzen Körpers oder auch nur eines Körperteils übermitteln der Welt eine emotionale Botschaft.

Mit Körpersprache werden nicht nur Botschaften ausgesandt, man kann sie auch einsetzen, um andere zu entspannen und zu entwaffnen – ein leichtes Anfassen am Arm mit einem beruhigenden Blick kann sagen: »Vertrau mir.« Eine flüchtige Berührung der Hand oder ein um die Schulter gelegter Arm kann dem anderen sehr direkte Botschaften übermitteln, aber diese Berührungen müssen im richtigen Augenblick und im richtigen Kontext erfolgen, sonst werden sie völlig mißverstanden. Wir registrieren solche Mitteilungen unbewußt. Manche von uns fassen sie richtig auf, manche nicht. Wie viele junge Männer bald herausfinden, kann anfassen manchmal ausgesprochen unangebracht sein und bei Frauen Streßreaktionen auslösen. Wenn sie ein Mädchen im falschen Augenblick anfassen, können sie sie rasch gegen sich einnehmen. Wir alle senden nonverbale Botschaften aus. Sie lauten: »Sprich mich nicht an – ich möchte mit meinen Gedanken allein sein«, »Willkommen« oder »Bleib mir vom Leib.« Manche dieser Botschaften agieren wir unbewußt aus – andere mit voller Absicht. Wir ziehen die Nase kraus, wenn wir vor einem Rätsel stehen; wir heben die Augenbrauen, wenn wir überrascht sind. Wir verschränken unsere Arme und schlagen die Beine übereinander, um uns zu schützen. Wir trommeln aus Ungeduld mit den Fingern, legen einen Finger an die Stirn, wenn wir nachdenken, und zucken mit den Achseln, um zu sagen: »Das ist mir gleichgültig« oder »Das läßt mich kalt.« Manche Körpersignale gelten nur in einer bestimmten Kultur; andere Reaktionen wie Lächeln, Stirnrunzeln und Hochziehen der Augenbrauen überschreiten alle kulturellen Barrieren. Wir alle können Haß, Angst, Heiterkeit, Freude und Traurigkeit ausdrücken, ohne es bewußt lernen zu müssen.

Das offenkundigste Zeichen, daß jemand über wenig Selbstachtung verfügt oder daß es ihm an Selbstvertrauen fehlt, zeigt sich in dem einfachen Vorgang des Händeschüttelns. Menschen mit einem kraftlosen Handschlag verfügen üblicherweise über wenig soziale Kompetenz. Umgekehrt wird ein selbstbewußter Mensch kaum den Blick abwenden, während er vorgestellt wird. Selbstsichere Menschen beginnen ein Gespräch mit Neugier und Vergnügen, und sie fragen sich, ob ihre neue Bekanntschaft interessant sein wird oder ob es gar zu einer Freundschaft kommt.

Auch am Arbeitsplatz kann sich die Kenntnis der Körpersprache als überaus nützlich erweisen. Die Körperhaltung kann ein guter Indikator für die Einstellung und den Status eines Menschen sein. Es ist jedoch daran zu erinnern, daß uns das Studium von Körpersignalen nur Hinweise geben kann für das, was vor sich geht. Ziehen Sie keine vorschnellen Schlüsse, wenn Sie Körpersignale zu deuten versuchen; benutzen Sie diese Signale nur neben anderen Mitteln der Kommunikation, um sich ein allgemeines Bild von einem Menschen oder einer Situation zu machen.

Privatsphäre

Wir alle haben einen bestimmten Luftraum um unseren Körper, den wir bewußt oder unbewußt als unseren persönlichen oder privaten Raum beanspruchen. Dieser Raum ist in den einzelnen Kulturen unterschiedlich groß und hängt von der Bevölkerungsdichte an dem Ort ab, wo jemand aufwuchs. In westlichen Kulturen beträgt der Abstand, den wir im Umgang mit uns gefühlsmäßig nahestehenden Personen benötigen – d. h. im Kontakt mit Eltern, Liebes- und Ehepartnern, Kindern und engen Freunden und Verwandten – 15 bis 45 Zentimeter.

Der private Raum, den wir bei Geschäftsessen, Cocktailparties und anderen gesellschaftlichen Anlässen bzw. bei freundschaftlichen Zusammenkünften respektieren, beträgt zwischen einem halben und einem ganzen Meter, und die Distanz, die wir gegenüber Fremden wie Handwerkern, Postboten, dem Kaufmann an der Ecke und anderen Leuten, die wir nicht sehr gut kennen, einhalten, kann zwischen einem und vier Metern betragen. Der Abstand, den wir wählen, wenn wir vor Publikum sprechen, ist selten geringer als vier Meter.

Wer zu früh in die persönliche Zone eines Menschen eindringt, riskiert, Anstoß zu erregen. Wenn Sie wollen, daß sich andere mit Ihnen in diesen Situationen wohl fühlen, müssen Sie deren Distanz wahren. Je näher Sie jemandem emotional kommen, desto mehr dürfen Sie sich ihm auch körperlich nähern. Die unterschiedlich großen Intimsphären der einzelnen Kulturen können leicht zu Mißverständnissen führen. Wenn der Angehörige einer Kultur dem einer anderen zu nahe auf die Pelle rückt und der andere ständig zurückweicht, dann versuchen beide, die Distanz einzunehmen, die sie als angenehm empfinden. Achten Sie also darauf, ob jemand von Ihnen abrückt. In dem Fall ist es sicher empfehlenswert, sich ihm nicht weiter zu nähern. Es kann aber auch heißen, daß Sie bloß Ihr Deodorant auffrischen müssen!

Der Blickkontakt ist eine weitere Kunst der subtilen Balance. Wir verstärken ihn, wenn wir daran interessiert sind, eine Botschaft rüberzubringen. Blickkontakt ist ein verläßliches Anzeichen dafür, daß der andere unseren Worten Aufmerksamkeit schenkt. Wenn Ihr Gegenüber abgelenkt ist oder seine Augen abwendet, während Sie sprechen, dann können Sie wetten, daß man Ihnen nicht wirklich zuhört, und sich alle weitere Mühe sparen. Wir wenden unsere Augen ab, wenn wir das Interesse an den Worten des anderen verloren haben, wenn wir den Sprecher nicht besonders mögen oder seine Worte uns gegen den Strich gehen. Vermehrter Blickkontakt ist gewöhnlich ein guter Indikator dafür, ob man den Gesprächspartner mag bzw. an seinen Ausführungen interessiert ist.

In Gruppen kann man gewöhnlich leicht feststellen, wer (offiziell oder nicht) die Nummer eins ist. Wie Sie merken werden, versuchen alle übrigen Anwesenden, mit dieser Person in Blickkontakt zu kommen. Indem Sie beim Sprechen Ihr Gegenüber anschauen, verstärken Sie die Wirkung Ihrer Worte und zeigen dem anderen, daß Sie an ihm oder ihr interessiert sind. Hüten Sie sich jedoch vor Übertreibungen. Dringen Sie nicht in die Intimzone des anderen ein, und starren Sie ihn nicht an. Wenn es Ihnen schwerfällt, mit den Menschen zu sprechen, mit denen Sie beruflich in Kontakt kommen, und Sie Ihre diesbezügliche Kompetenz verbessern möchten, dann probieren Sie die genannten Strategien an Leuten aus, die Ihnen im Alltag begegnen: Verkäufer, Umstehende in Warteschlangen oder Mitreisende. Beobachten Sie, was geschieht, wenn Sie sich zu nahe an jemanden hinstellen, wenn Sie keinen Blickkontakt halten oder Ihr Gegenüber fixieren. Und denken Sie daran, wenn Sie es richtig machen wollen, müssen Sie üben, üben, üben.

Vive la différence oder: wie man Gesprächslücken überbrückt

Männer und Frauen unterscheiden sich nicht nur in ihrer physischen und biologischen Konstitution. Sie sind in ihrer Denk- und Sprechweise Welten voneinander entfernt. Die Wirkung unserer Worte wird von unserem Mienenspiel, unseren Gesten und Bewegungen mitbestimmt. Unser ganzes Leben ist eine Serie von Gesprächen. Wir versuchen, die Worte unseres Gegenübers zu deuten, doch das wird uns nicht nur durch die Unterschiede in Kultur, Milieu und Klasse erschwert, sondern auch durch den abweichenden Gesprächsstil, den Altersunterschied und, was am wichtigsten ist, durch die Zugehörigkeit zum anderen Geschlecht. Ja, unsere Beziehungen zeigen, daß Männer und Frauen ein- und dasselbe Gespräch regelmäßig in völlig verschiedener Weise interpretieren.

Selbst wenn wir uns auf Beziehungen zu GeschlechtsgenossInnen beschränken und in einer rein weiblichen oder rein männlichen Umgebung arbeiten, können wir den Kontakt zu Menschen des anderen Geschlechts kaum völlig vermeiden. Für uns alle ist dies also ein Konfliktfeld, mit dem wir zwangsläufig irgendwann konfrontiert sind.

Zwischen Männern und Frauen gibt es geschlechtsbedingte Unterschiede in der Sprechweise. Diese Unterschiede müssen wir identifizieren und verstehen, wenn wir erfolgreiche Beziehungen zum anderen Geschlecht herstellen wollen. Vor einem sollten wir uns hüten, nämlich davor, Angehörige des anderen Geschlechts als dumm, verkorkst oder schlicht einem Irrtum verfallen zu betrachten, wenn sie die Dinge anders sehen als wir. Wenn es uns gelingt, diese Unterschiede zu erkennen und zu begreifen, dann sind wir vielleicht imstande, sie zu berücksichtigen und möglicherweise andere und bessere Methoden für eine erfolgreiche Verständigung zu finden. Nur wenn wir den Kommunikationsstil des anderen verstehen und uns die Zeit nehmen, über unsere eigenen Entscheidungen nachzudenken, können wir erkennen, welche Möglichkeiten uns offenstehen. Wenn wir die Mißverständnisse vermeiden, die in unserem Umgang mit dem anderen Geschlecht täglich auftreten, wird es uns leichter fallen, eine gemeinsame Sprache zu finden. Dies ist am Arbeitsplatz und in allen sozialen Situationen genauso wichtig wie im Umgang mit unseren Liebsten, unserer Familie und mit den Leuten, mit denen wir täglich in Kontakt kommen.

»Du lebst auf einem anderen Planeten!«; »Wo hast du denn diese Idee her?«; »Das habe ich überhaupt nicht gesagt!« – all dies sind Äußerungen, die man aus alltäglichen Wortgefechten nur zu gut kennt. Aber obwohl wir alle auf demselben Planeten leben, hat es sehr oft den Anschein, als seien wir Lichtjahre voneinander entfernt, wenn es darum geht, einander zu verstehen. Selbst Menschen, die im gleichen Haus mit denselben Eltern aufgewachsen sind, bilden oft völlig unvereinbare Kommunikationsstile heraus.

Frauen sind mit der Überzeugung aufgezogen worden, es sei unweiblich, sich entschieden zu äußern. »Männer mögen keine dominanten Frauen«; »Eine Frau gehört ins Haus«; »Frauen sind passiv – sie sind die Gebenden und die Fürsorgenden«. Die Dinge ändern sich inzwischen, aber auf zwei Schritte, die Frauen vorwärtskommen, machen sie oft einen zurück. Sobald Probleme auftreten, flüchten sie in die Sicherheit ihrer vertrauten Rolle. Seit vielen Jahren fühlen sich Frauen durch die männliche Ideologie abgewertet und verunglimpft. Doch langsam, aber sicher gewinnen sie an Unabhängigkeit. Bedauerlicherweise müssen sie in bestimmten Sektoren der Gesellschaft oft viel mehr leisten als Männer, um das gleiche Maß an Anerkennung zu erringen. Sie müssen sich ständig beweisen.

Diese Unterschiede werden von unseren Eltern, unseren Angehörigen und unseren Jugendgruppen unbewußt genährt. Jungen und Mädchen mögen im gleichen Land, im gleichen Dorf oder selbst im gleichen Haus aufwachsen, sie werden dennoch verschiedene Kommunikationsstile entwickeln. Im Kindergarten und während der Schulzeit verbringen die Kleinen viel Zeit im Spiel mit GeschlechtsgenossInnen. Die bevorzugten Spiele von Jungen und Mädchen unterscheiden sich ebenso gründlich voneinander wie ihr Sprachgebrauch.

Jungen neigen dazu, sich zu größeren Gruppen zusammenzuschließen. Sie haben oft einen Anführer, der die Gruppe organisiert. Sie gewinnen Ansehen, indem sie sich mit ihrem Mut und ihren Fähigkeiten brüsten und andere herausfordern. Später erhöhen sie ihr Prestige, indem sie Witze erzählen oder mit Geschichten über sexuelle Eroberungen angeben. Jungengruppen gehorchen komplexen Regeln. Ihre Mitglieder veranstalten Mutproben und versuchen, sich gegenseitig den Rang abzulaufen, indem sie prahlen und darüber streiten, wer in Wettkämpfen oder in seiner Wirkung auf Angehörige des anderen Geschlechts am erfolgreichsten ist. Mädchen wählen sich gewöhnlich eine enge Freundin, die eine zentrale Rolle in ihrem Leben spielt. In Mädchengruppen herrscht Vertrauen und Intimität. Mädchen bevorzugen gewöhnlich eher konkurrenzfreie Spiele oder solche, in denen jede an die Reihe kommt. Sie mögen Ballspiele und Seilspringen, sie nähen und stricken. Bis vor kurzem hat man von ihnen erwartet, daß sie sich bescheiden benehmen und nicht angeben. Sie kommandieren einander selten herum. Obwohl ich schon bei ganz jungen Mädchen eine Veränderung hin zu durchsetzungsfähigerem Verhalten bemerkt habe, stimmt es immer noch, daß Mädchen einander seltener herausfordern. Ruhigere Momente bringen sie nach wie vor gern damit zu, beisammen zu sitzen, zu plaudern und einander ihre Träume und Pläne anzuvertrauen. Sie legen größeren Wert darauf, beliebt zu sein als wichtig.

Wenn Mädchen zu Frauen heranwachsen, fahren sie fort, einander Geheimnisse anzuvertrauen. Sie führen noch intimere Gespräche, und sie neigen dazu, ihre Probleme miteinander zu vergleichen, wenn sie sich ihren Kummer von der Seele reden. Ihr gutes Einvernehmen wird durch die unausgesprochene Botschaft »Du bist nicht allein« gestärkt. Indem sie sich ihre Probleme anvertrauen, kommen sie einander näher. Versucht eine Frau dasselbe einem Mann gegenüber, wird ihr das oft verübelt. Er hat das Gefühl, die Frau spiele seine Erfahrung herunter und versuche, sie mit ihrer eigenen Erfahrung in den Schatten zu stellen.

Männer betrachten sich als Problemlöser. Während Frauen in praktischen Dingen wie der Reparatur eines schadhaften Daches männliche Hilfe akzeptieren, mißfällt es ihnen häufig, wenn Männer versuchen, ihre emotionalen Probleme für sie zu lösen. Letztere betrachten sie als ihre Domäne – sie sind die Hüterinnen dieser Welt. Umgekehrt verübeln es Männer ihrer Partnerin, wenn sie es ablehnt, ihren Rat zu befolgen. Sie fühlen sich dadurch in ihrem Rang herabgesetzt.

Da unsere Gesprächsstile so verschieden sind, läßt es sich gar nicht vermeiden, daß Mißverständnisse entstehen. Aber mit zunehmendem Verständnis dafür, wie andere Menschen mit Sprache umgehen, sollte es uns immer besser gelingen, einander zu verstehen.

Ein Mann kommt vom Büro nach Hause und läßt sich seufzend in einen Lehnstuhl fallen: »Ich hatte einen frustrierenden Tag im Büro – alles ging schief. Ich habe sogar den Chef gegen mich aufgebracht, und dabei war es ein völliges Mißverständnis.« Seine Frau, die ihm ihr Mitgefühl zu erkennen geben will, antwortet: »Ich weiß, wie du dich fühlst. Mein Tag ist ein bißchen ähnlich gewesen. Die Kinder haben mich auf die Palme gebracht, und die Frau im Tante-Emma-Laden dachte, ich wüßte, daß der Kleine ein paar Bonbons gegrapscht hat.« Statt sich durch ihre Worte besser zu fühlen, wird ihr Mann wütend. »Warum bagatellisierst du meine Probleme? Du hast überhaupt keine Vorstellung davon, was es heißt, Verantwortung zu tragen.« Seine Frau entgegnet: »Ich bagatellisiere deine Probleme ja gar nicht! Ich versuche dir nur zu zeigen, daß ich deine Gefühle verstehe.« Seine Antwort: »Du verstehst überhaupt nichts.« Zuletzt sind beide sauer aufeinander, fühlen sich mißverstanden, und der Abend endet womöglich in Unfrieden.

Gegewärtig verändert sich zwar vieles, aber in vorhersehbarer Zukunft werden Männer und Frauen weiterhin in allen Lebensbereichen – vom Arbeitsplatz bis zum Schlafzimmer – Schwierigkeiten miteinander haben, da sich grundlegende Wandlungen nur langsam vollziehen. Einerseits sind die Erwartungen der Frauen heute höher als je zuvor. Andererseits macht sich ihre Programmierung – das Resultat generationenlanger Unterordnung – immer noch bemerkbar. Frauen fragen sich inzwischen, ob ihr Ringen um diese neue Unabhängigkeit all die Probleme lohnt, die es in ihren Beziehungen hervorruft. Es überrascht daher nicht, daß manche sich überlegen, ob sie nicht besser alles beim alten gelassen hätten, das heißt, sich mit der dienenden mütterlichen Rolle hätten begnügen und die meisten Entscheidungen den Männern hätten überlassen sollen. Die Männer ihrerseits sind zunehmend unsicher darüber, welches Verhalten von ihnen erwartet wird. In vielen Fällen fühlen sich intelligente, sensible und hart arbeitende Männer kastriert, weil ihre berufstätigen Frauen ebensoviel oder mehr Geld verdienen wie sie und es ihnen mit relativer Leichtigkeit zu gelingen scheint, Beruf, Mutterschaft und Haushalt miteinander zu vereinbaren. Sie hingegen schaffen es gerade knapp, das Geschirr zu spülen, und das versetzt ihrem Stolz einen weiteren Schlag.

> Sheila ist eine unabhängige Karrierefrau. Sie wird in ihrer Karriere als Anwältin von ihren AltersgenossInnen respektiert. Auf ihre Meinung wird großer Wert gelegt, und ihre Mitarbeiter behandeln sie mit Hochachtung. Aber zu Hause liegen die Dinge ganz anders. Sobald sie die Schwelle zu ihrer Wohnung übertritt, beginnt Programmierung sich auszuwirken. Die Wünsche ihres Mannes haben Vorrang vor ihren eigenen Bedürfnissen. Um ihn nicht zu verletzen, tut Sheila alles, damit er das Gefühl hat, seine Karriere sei das Wichtigste in ihrem Leben und ihre eigene komme erst an zweiter Stelle. Sie beugt sich den Wünschen ihres Mannes bezüglich der Ausgestaltung ihres gemeinsamen Hauses, hinsichtlich der Kinder, der Ernährung und der Wahl des Urlaubsorts. Sie hat fürchterliche Angst, ihre Fortschritte in ihrer Karriere könnten seinen Stolz verletzen. Ihr Erfolg ist ihr peinlich. Sie spürt, daß ihre Ehe ins Wanken geraten würde, wenn sie zu Hause den Ton angäbe.

Ein weiteres häufiges Szenario sieht so aus, daß ein Mann befürchtet, seine Freiheit zu verlieren, und sich zurückzieht, sobald eine Frau anfängt, ihn mit allzu großer Vertrautheit zu behandeln. Die Frau, die eben begonnen hatte zu spüren, daß sie und ihr Partner einander nahekamen, fürchtet, diese wachsende Intimität zu verlieren. Sie versucht, die entstehende Kluft zwischen ihnen zu schließen, indem sie die Intimität verstärkt. Daraufhin vergrößert er die Distanz und verhält sich noch reservierter – er zieht sich von einer Frau zurück, mit der er eine tolle Beziehung hätte haben können. Es kommt zu Reibungen, und während sich beide in Befürchtungen darüber ergehen, was der andere denken könnte oder nicht, nehmen die Spannungen zu. Bevor sie es sich versehen, setzen Zweifel ein, an denen eine Beziehung zerbrechen kann, die sich mit etwas mehr Verständnis zu etwas Wunderbarem hätte entwickeln können. Wenn wir lernen, die Denk- und Redeweise des anderen zu verstehen, eröffnet sich uns die Chance, diese destruktive Spirale zu durchbrechen.

Männer und Frauen geben einander auch ihre Zuneigung in unterschiedlicher Weise zu erkennen. In den intimsten Momenten verhalten sich beide in geschlechtsspezifischer Weise. Wenn ein Mann und eine Frau zusammen im Bett oder auf einer Waldlichtung liegen, dann bevorzugt der Mann gewöhnlich die Rückenlage, während sich die Frau mit gekrümmtem Körper an ihn schmiegt. Sie ruht mit ihrem Kopf auf seiner Brust oder seiner Schulter, und er legt vielleicht beschützend seinen Arm um sie oder streichelt liebevoll ihr Haar. Diese geschlechtstypischen Stellungen werden in Situationen des Alltags automatisch wiederholt. Mann und Frau fühlen sich darin wohl und empfinden sie als richtig. In Film, Fernsehen und der Werbung machen uns glückliche Paare genau dieses Verhalten täglich vor, und das bestärkt uns in der Annahme, es müsse so sein. Dabei zeigt dieses Verhalten bloß an, daß in dieser Beziehung der Mann sich für stabil, standhaft und zuverlässig hält und die Frau sich für schwach und schutzbedürftig. Das ist nur ein Beispiel für den Rangunterschied zwischen den Geschlechtern.

Diese Verteilung der Gewichte erinnert uns nach Auffassung vieler auf ganz natürliche Weise daran, daß die männliche Dominanz in vielen Lebensbereichen durchaus wichtig und richtig sei, auch in vielen intimen Momenten. Die Vorstellungen davon, was »von Natur aus« als männlich oder weiblich anzusehen ist, beginnen sich jedoch zu verändern, und es überrascht daher nicht, daß Mißverständnisse auftreten, wenn sich Männer gegenüber Frauen als liebevolle Beschützer aufführen. Sie geben damit zu verstehen, daß ihre Rolle besonderen Respekt verdiene – wie wenn Frauen hilflose Kinder wären und den Männern aus diesem Grund untergeordnet. Aber das »Privileg« des Beschütztwerdens bedeutet für die Frauen den Verlust von Rechten. Die Konsequenz davon ist, daß man ihnen nicht so viel Respekt entgegenbringt wie den Männern. Der Beschützer wird als kompetent und fähig angesehen, die Schutzbedürftige dagegen als inkompetent und unfähig. Auch dagegen wehren sich unterdessen viele Frauen. Dieses unterschiedliche Verständnis von Unabhängigkeit wird in der Kindheit erlernt, da auf Jungen und Mädchen in unterschiedlicher Weise Druck und Zwang ausgeübt wird.

Unser Verständnis für die Sichtweise des anderen Geschlechts wird gewaltig zunehmen müssen, damit sich die Dinge ändern. Doch der Anfang ist gemacht. Im Selbstsicherheitstraining lernen wir die Maßstäbe und Erwartungen des anderen Geschlechts kennen und dessen unterschiedliche Kommunikationsstile verstehen. Das bedeutet nicht, daß die Angehörigen beider Geschlechter versuchen sollten, ihren eigenen Stil zu verändern. Ein realistischerer Ansatz wäre zu lernen, die Botschaften der anderen Seite richtig zu deuten und seine eigenen Botschaften in einer Weise zu erläutern, die unsere Partnerin oder unser Partner verstehen und akzeptieren kann. Sobald sowohl Männer als auch Frauen erkennen, worin sich ihre Gesprächsstile unterscheiden, werden sie eher bereit sein, Unterschiede ohne Schuldzuweisungen zu akzeptieren. Sie werden akzeptieren, daß es keine »richtige« Weise gibt, ein Gespräch zu führen oder eine Beziehung aufzubauen. Nichts ist kränkender, als gesagt zu bekommen, man mache etwas falsch, wenn man im tiefsten Inneren weiß, daß man auf die einzige Weise handelt, die einem möglich ist. Das Verständnis für die Unterschiede in den Ausdrucksweisen kann entschärfend wirken und verhindern, daß man sich »herabgesetzt« oder gönnerhaft behandelt fühlt. Das wird Streitigkeiten nicht immer aus der Welt schaffen, aber es bewahrt Sie vielleicht davor, die Kontrolle zu verlieren. Kompromisse werden dann letzten Endes leichter zu finden sein. Verständnis für die Gesprächsstile des anderen kann uns helfen, die Kommunikationskluft zu überbrücken.

Kapitel 10

Streß

Selbstunsichere Menschen leiden in der Regel unter einer höheren Streßbelastung. In Gesellschaft anderer Menschen sind sie fürchterlich befangen. Für manche ist das so quälend, daß sie Kontakte mit anderen ganz vermeiden. Dagegen hilft nur bewußte Selbstwahrnehmung. Selbstwahrnehmung ist eine positive Geistesverfassung, die Menschen befähigt, sich objektiv zu sehen, um sich zu vergewissern, daß alles in Ordnung ist. Bewußte Selbstwahrnehmung läßt Streßsymptome zu, so daß man sie erkennen und neutralisieren kann. Selbstwahrnehmung kann befreiend wirken und uns ein beglückendes Gefühl von Sicherheit geben.

Streß zerstört unser Selbstvertrauen und reduziert unsere Selbstachtung; wir fürchten uns davor, auch nur die kleinsten Risiken einzugehen. Unsere heutige Gesellschaft unternimmt wenig, um Menschen beizustehen, die unter Befangenheit leiden, erröten, zittern oder stottern. Sie können sich aber selber helfen. Der Umgang mit Streß ist ein wichtiger Bestandteil der Selbstentfaltung und der Überwindung aller Ängste, die mit der Selbstunsicherheit einhergehen.

Ein Übermaß an Streß hemmt uns in unserer beruflichen Laufbahn und in unserem Privatleben. Letztlich leidet die gesamte Qualität unserer täglichen Existenz. Wie oft haben Sie schon die Bemerkung gehört, jemand sei »überfordert«, »in schrecklichem Zustand« oder »ein Nervenbündel«? Zweifellos vermindert sich die Lebensqualität der Betroffenen, und diese geraten vielleicht in den Teufelskreis der Angst (Angst führt zu verminderter Leistung, und verminderte Leistung löst noch größere Angst aus). Diese Angstreaktion macht es den Betroffenen unmöglich, ihr Leben zu genießen, Risiken einzugehen und Spaß zu haben. Ein Abbau Ihrer Streßbelastungen wird Ihnen helfen, mehr Selbstvertrauen zu gewinnen, kleine Schritte in Richtung auf Selbstsicherheit zu machen und Ihr Leben in jedem gewünschten Bereich zu verbessern.

Streßreaktionen entstehen zusammen mit den verschiedensten Ängsten. Die häufigsten sind Furcht vor Gefahr und Furcht vor den Reaktionen und Meinungen anderer Leute. Und wenn unsere Selbstachtung oder unser Stolz gefährdet ist, kann uns eine Panik erfassen, die ebenso real ist wie die Panik, die durch Todesangst entsteht.

Wenn Sie Angst haben, werden das Hormon Adrenalin, verschiedene Zuckerarten und andere Stimulantien durch Ihren Organismus gepumpt. Ihre Augen verengen sich, und Ihre Muskeln spannen sich an, um sich auf ihren Einsatz vorzubereiten. Sie beginnen, tiefer zu atmen, und diese tiefen Atemzüge überschwemmen Ihren Organismus mit einer weiteren unerwünschten Substanz – einer Überdosis an Sauerstoff. Diese reflexartigen Reaktionen sind instinktive und spontane Antworten auf wirkliche oder eingebildete Gefahren. Die einsetzende Überschwemmung mit diesen chemischen Substanzen trübt Ihr Denkvermögen und erschwert selbst einfache Entscheidungen.

Streßsymptome können von Person zu Person beträchtlich schwanken. Zittern, Schwitzen, unregelmäßiger und rasender Herzschlag, Übelkeit, Erbrechen, Durchfall und Magenschmerzen, all dies sind typische Anzeichen von Streß. Fügen Sie diesem Katalog unangenehmer Empfindungen Kopfschmerzen und Fingerkribbeln hinzu, Eß- und Schlafschwierigkeiten, Depressionen, Mundtrockenheit und schlechte Laune, dann begreifen Sie das Ausmaß dieses Problems.

Diese Reaktionen können auftreten, wenn Sie im Stau stecken, wenn man Sie kritisiert oder auslacht. Wenn Sie befürchten, Ihren Job, Ihr Zuhause oder Ihren Liebsten zu verlieren, dann ist es ganz natürlich, daß Sie genauso reagieren, wie unsere Vorfahren auf die verschiedenen Ängste reagierten, die sie überwältigten. Die spontane physische Reaktion auf Gefahr setzt schlagartig ein. In extremen Fällen kann ein einfacher Reiz eine phobische Reaktion auslösen.

Das Problem ist, daß die in Streßzeiten in den Kreislauf ausgeschütteten Hormone im Organismus verbleiben. Statt auf die Gefahr zu reagieren, indem wir weglaufen oder diesen Energieschub zur Bewältigung der Situation nutzen, machen wir uns Sorgen, haben Alpträume und geraten in Panik.

Wir leiten keine positiven Handlungen ein, um diese Substanzen zu verbrennen. Die Folge ist, daß die Streßhormone über lange Zeitspannen im Organismus bleiben und regelmäßig »aufgefrischt« werden, sooft Gefühle von Zweifel, Bangigkeit oder Furcht in uns entstehen oder wir in Situationen geraten, die wir nicht meistern können. Der Teufelskreis verringerter Leistung und erhöhter Streßbelastung setzt sich fort. Ein dauernder hoher Streßpegel kann tatsächlich körperliche, geistige und seelische Schäden anrichten.

Wenn ein Motor nicht von Zeit zu Zeit abgeschaltet wird, wird er sich überhitzen und vielleicht sogar explodieren. Auch unsere Gefühle können sich in ähnlicher Weise aufstauen, und wenn wir keine Möglichkeit finden, Dampf abzulassen und unser Leben wieder ins Gleichgewicht zu bringen, werden wir ein ähnliches Schicksal erleiden.

Die meisten Menschen nehmen ihre Gedanken als etwas Selbstverständliches hin. Wir machen uns nicht klar, wie mächtig ihre Wirkung sein kann. Alles, was wir sind, und alles, was wir besitzen, hat als Gedanke begonnen. Jede Art von Kreativität, jede Art von Bildung – selbst die Bezwingung des Mount Everest – begann als ein Gedanke. Ohne Denken würden wir nicht existieren. Setzen Sie also das Denken zu Ihrem Vorteil ein. So wie negative Gedanken negative Ergebnisse bewirken, werden Sie, wenn Sie das Positive hervorheben, positive Resultate erzielen.

Doch paradoxerweise benötigen wir ein gewisses Maß an Streß. Ohne ihn wäre das Leben sinnlos, ja gefährlich. Streßreaktionen sind lebenswichtig, wenn man vor Gefahren davonlaufen muß oder einen Energieschub benötigt, um mit einer gefährlichen Situation fertig zu werden. Ich erinnere mich, in einer Zeitung von einer Mutter gelesen zu haben, die übermenschliche Kräfte benötigte, um ein Auto von ihrem kleinen Sohn herunterzuheben, der überfahren worden war. Die Freisetzung der Streßhormone verlieh ihr diese zusätzliche Kraft, und sie rettete ihrem Kind das Leben. Der Kräftezuwachs, der einsetzt, wenn diese Hormone in Augenblicken großer und doch völlig logischer Panik wirksam werden, kann Ihr Leben und das anderer retten. Aber wenn dieselben Symptome in ungeeigneten Momenten auftreten, kann das einen sehr erschrecken. Das Geheimnis besteht darin, eine Balance zwischen zuwenig und zuviel Streß zu finden, kurz, einen Lebensrhythmus, den Sie als Ihnen angemessen empfinden.

Hier eine einfache Technik, um allgemeinen Streß abzubauen und sich seiner selbst als Organismus bewußt zu werden: Verhalten Sie sich wie Tiere in der Wildnis. Tiere haben keine Bedenken, sich nach einer Anstrengung zu entspannen. Sie legen sich einfach an einer warmen Stelle nieder und erholen sich. Wir können uns nicht immer entspannen, wenn wir möchten, aber wir können unsere Streßbelastung erkennen und uns Momente köstlicher Entspannung gönnen, sooft wir Gelegenheit dazu haben. Ihr Geist und Ihr Körper benötigen diese Ruhepause.

Es gibt eine simple Entspannungstechnik, die Sie auf Cocktailparties, Messen oder Konferenzen bzw. in jeder Situation einsetzen können, wo Sie lange Zeit stehen müssen. Stellen Sie sich so hin, daß Ihre Füße so weit voneinander stehen, wie Ihre Hüften breit sind, und daß Ihr Gewicht gleichmäßig verteilt ist. Entspannen Sie die Muskeln in Ihren Schenkeln und Waden, und beugen Sie leicht die Knie. Dadurch werden Sie sich nicht nur selbstsicherer fühlen, sondern auch selbstsicherer wirken. Atmen Sie jetzt aus, und lassen Sie Ihre hochgezogenen, verspannten Schultern fallen, entspannen Sie Ihre Nacken- und Rückenmuskeln. Spüren Sie, wie wunderbar die Anspannung von Ihnen abfällt?

Lassen Sie Ihre Arme lose hängen, lockern Sie sich, atmen Sie tief, und entspannen Sie alle Muskeln, die Sie als verkrampft empfinden – speziell Ihren Bauch. Diese einfache Haltungsänderung wird kaum jemandem auffallen, aber Sie werden innerlich ein Gefühl von Ruhe empfinden und eine positive Veränderung in Ihrem Gemütszustand bemerken.

Wenn Sie bei der Arbeit sind und die Dinge Ihnen über den Kopf wachsen, dann probieren Sie folgende Methode der Entspannung aus, um wieder zu Kräften zu kommen. Setzen Sie sich bequem hin, die Füße flach auf dem Boden, und schließen Sie die Augen. Lauschen Sie Ihrem Herzschlag und Ihrem Atem, lassen Sie die Gedanken über Ihren Körper wandern, und achten Sie darauf, welche Muskeln angespannt sind. Atmen Sie durch die Nase ein; zählen Sie jetzt langsam bis fünf, und atmen Sie, bis fünf zählend, wieder aus. Wiederholen Sie diese Übung mehrmals. Sie werden bald spüren, daß Ihre Anspannung nachläßt.

Fünf bis zehn Minuten Übung in dieser einfachen Atem- und Entspannungstechnik werden Ihre Selbstwahrnehmung rasch schärfen. Sie werden ruhiger werden, und die Folgen von Streß werden abnehmen.

Selbst zu Hause ist es für die meisten Menschen völlig ungewohnt, schweigend dazusitzen und sich ihre Gefühle bewußtzumachen. Sie halten es für besser, sich auf die Couch fallen zu lassen und den Fernseher anzustellen. Selten nimmt sich irgend jemand die Zeit, sich wirklich zu entspannen, nachzudenken und einfach zu sein.

Wenn Sie einem Geschäft oder einem Haushalt vorstehen und sich tausend Gedanken in Ihr Bewußtsein drängen, dann haben Sie vielleicht Gewissensbisse, wenn Sie sich diese Zeit nehmen. Sie treiben sich wahrscheinlich ständig an und ermahnen sich, dies oder jenes zu tun. Lassen Sie diese Gedanken vorüberziehen. Nach ein paar Tagen werden Sie bereits anfangen, sich besser zu fühlen, und Sie werden lernen, sich auf diese unbeschwerten Momente zu freuen, die Ihnen ganz allein gehören. Teilen Sie sich Ihre Tage so ein, daß Sie jeden Tag zur gleichen Zeit ein paar Minuten für sich haben. Schließlich wird diese Entspannungsübung zu einer regelmäßigen Gewohnheit, die Sie nicht so leicht vergessen.

Wir haben bereits darüber gesprochen, daß Sie lernen können, sich so zu mögen und zu akzeptieren, wie Sie sind. In diesen privaten Augenblicken des Alleinseins vergleichen Sie sich nun nicht mit anderen, und verweilen Sie nicht bei Ihren Fehlern – fangen Sie an, sich als das wertvolle, einzigartige Individuum zu sehen, das Sie sind. Akzeptieren Sie die Tatsache, daß Sie durchaus beachtlich sind: es gibt Sie nur einmal. Feiern Sie Ihre Unterschiede gegenüber anderen, statt sie als Webfehler Ihrer Persönlichkeit zu betrachten. Sobald Sie aufhören, sich mit anderen zu vergleichen, werden Sie sich befreit fühlen, und Ihre Selbstachtung wird ganz von allein zu wachsen beginnen.

Entspannung ist eine Kunst, die in unserem Schulunterricht oft vernachlässigt wird. Kindern wird selten gestattet, einfach nichts zu tun. Sie werden ständig ermuntert, zu lernen, etwas zu erforschen und zu leisten. Wenn sie nicht dauernd aktiv sind, bezichtigt man sie der Faulheit. Sie lernen, ihre Zeit mit »lohnenden« Tätigkeiten auszufüllen. Nichtstun ist in der westlichen Kultur verpönt. Wir fühlen uns schuldig, wenn wir uns nicht fortwährend antreiben, uns Ziele setzen und Erfolge erringen.

Gönnen wir uns ein paar Minuten wonnevoller Entspannung, sooft uns bewußt wird, daß unser Streßpegel hoch ist. Verschaffen Sie sich diese Ruhepausen, wann und wo immer Sie können. Im Autobus oder Zug, in einem Konzert, im Kino oder einfach in Ihrem Lehnstuhl sitzend. Ihr Geist und Ihre Seele benötigen das Ausspannen ebensosehr wie Ihr Körper. Sooft Sie Gelegenheit haben abzuschalten, tun Sie es. Sie werden überrascht sein, wieviel besser Sie sich fühlen.

Machen Sie sich keine Sorgen. Sie sind nicht die einzige, der es anfangs schwerfällt, »loszulassen«. Ich bekomme viele Briefe von Menschen, die mich fragen: »Wie kann ich es *schaffen,* mich zu entspannen?« Die Antwort lautet: Entspannung ist nicht etwas, das man schaffen kann. Dieses Wort deutet auf harte Arbeit hin, das genaue Gegenteil von Entspannung. Es stimmt zwar, daß man sich die ersten Male bewußt dazu anhalten muß, aber schließlich laufen die Übungen wie »programmierte« Reaktionen ab, die von den gewohnten Tagesabläufen unterstützt werden. Sobald Sie gelernt haben, sich von diesen beruhigenden Wellen durchströmen zu lassen, wird Entspannung zu einem festen Bestandteil Ihres Lebens werden. Sie brauchen sich bloß diesem heilenden Vorgang zu überlassen. Er ist kein Luxus.

Der nächste Schritt nach der Entspannung ist die Meditation; sie ist im Kampf gegen Streß noch hilfreicher. Wenn Sie nicht wissen, wie man meditiert – hier zeige ich Ihnen eine leichte Methode: Setzen Sie sich bequem hin, und schließen Sie die Augen. Konzentrieren Sie Ihre Aufmerksamkeit auf die Füße – ignorieren Sie den Rest Ihres Körpers; er existiert im Augenblick nicht! Verlagern Sie Ihre Aufmerksamkeit nach einer Weile auf Ihren Scheitel. Warten Sie ein paar Sekunden, dann richten Sie sie auf Ihre Brust. Gehen Sie anschließend langsam zu anderen Teilen Ihres Körpers über, bis es Ihnen leichtfällt, Ihre Aufmerksamkeit hinzulenken, wo immer Sie wollen. Lassen Sie wieder die Schultern sinken. Beginnen Sie dann sachte zu spüren, daß Sie ein ganzer Organismus sind. Mit zunehmender Bewußtheit werden Sie merken, daß Ihre Atmung langsamer und tiefer wird. In dieser Weise können Sie so lang oder so kurz meditieren, wie Sie wollen.

Man ist niemals zu jung oder zu alt, um zu lernen, sich zu entspannen. Es steht in Ihrer Macht, Ihre Reaktionen auf Streß zu verändern, alte Gewohnheiten abzubauen und neue, gesündere zu lernen. Sie können Ihre physische und psychische Haltung verändern, mit der Folge, daß Ihre Kraft zunimmt. Mit etwas Mühe werden Sie lernen, in stressigen Situationen einen kühlen Kopf zu bewahren und die unerwünschten Folgen von Streß für alle Zeiten aus Ihrem Leben zu verbannen.

Yoga

Yoga ist eine uralte Entspannungstechnik, die Ihnen helfen kann, Ihr Streßniveau zu senken und die psychosomatischen oder »nervlich bedingten« Krankheiten loszuwerden, die den Menschen heute zu schaffen machen. Yoga kann Ihnen helfen, die erschlaffenden Muskeln zu straffen, die Ihnen dieses ängstliche oder müde Aussehen geben. Yoga kann Ihren Appetit anregen, und zusammen mit anderen Entspannungstechniken kann es Ihren ganzen Organismus revitalisieren und Sie wieder strahlen lassen. Es wendet uralte Lebensgeheimnisse auf den Alltag an, und diese erweisen sich für uns als ebenso nützlich wie für die Yogis früherer Zeiten. Ein paar Minuten praktischer täglicher Anwendung können Ihnen helfen, Ihren ganzen Körper wieder ins Gleichgewicht zu bringen. Yoga kann allem, was Sie tun, neuen Schwung verleihen.

Yoga ist eine Kunst, die über Jahrhunderte von den Yogis oder weisen Männern Indiens entwickelt und vervollkommnet wurde. Auf den Marktplätzen Indiens kann man ältere Yogis an ihren freudig-federnden Schritten erkennen, an ihrem klaren, ungetrübten Blick und an der geraden Haltung anmutiger Jugendlichkeit, die sie bis ins sehr hohe Alter beibehalten. Yoga läßt einen nicht nur um Jahre jünger aussehen und fühlen, es trägt auch in erstaunlichem Maß zum Abbau von Streß und zur Steigerung unseres Gefühls von Wohlbefinden bei.

Sie werden die richtige Atmung lernen, die Ihnen bei der Entspannung hilft. Sie wird einen tieferen, erquickenderen Schlaf und ein allgemeines Gefühl des Wohlbefindens bewirken. Yoga hilft Ihnen, Ihre inneren Kräfte voll zu entfalten. Es verspricht ein langes, gutes Leben ohne Angst und Einschränkungen. Mit Yoga kann man in jedem Alter beginnen. Ältere Menschen können genauso damit anfangen wie junge, und auch Kinder werden Nutzen daraus ziehen. Es stimmt zwar, daß ältere Leute vielleicht nicht imstande sind, manche der schwierigeren Positionen einzunehmen, aber täglich ein paar Minuten die einfachen Grundbewegungen zu üben ist das beste Mittel, um Entspannung zur Gewohnheit werden zu lassen. Eine Aufwärmphase vor jeder Übung berücksichtigt das individuelle Tempo jedes Yogaschülers, so daß dieser nicht überfordert wird. Yoga läßt sich in das Leben jedes Menschen integrieren.

Es ist immer ratsam, mit einem professionell geleiteten Kurs zu beginnen. Solche Kurse werden von Volkshochschulen und ähnlichen Einrichtungen angeboten. An ihnen nehmen Menschen aller Altersstufen und gesellschaftlichen Schichten teil. Yoga hat der Tierwelt die Geheimnisse wechselnder Anspannung und Entspannung entlehnt, einen Vorgang, den alle Lebewesen außer dem Menschen auf ganz natürliche Weise lernen. Yogaschulen gibt es unzählige, und alle haben dasselbe Ziel: ein grundlegendes seelisches und körperliches Gleichgewicht zu lehren, das dem Geist Flügel verleiht. Auskünfte über Kurse erhalten Sie bei Ihrer örtlichen Volkshochschule. Sie werden auch feststellen, daß die Regale der Buchhandlungen voll mit Büchern über dieses Thema sind. Mit diesen Büchern können Sie zu Hause allein weiterarbeiten, sobald Sie sich die Grundlagen angeeignet haben.

Kapitel 11

Kreatives Denken

Verschiedene Methoden helfen Ihnen, Ihre Kreativität zu entfesseln, Pläne zu machen und mit Problemen fertig zu werden, die Ihnen vielleicht schon seit langer Zeit Sorgen bereiten und über die Sie dauernd nachgrübeln, ohne sich zu einem Entschluß durchringen zu können. Vielleicht haben Sie eine vage Idee, daß die Antwort schon irgendwo in Ihrem Unbewußten vorhanden ist, aber es ist Ihnen bisher einfach nicht gelungen, sie dingfest zu machen. Es ist, als ob da eine hohe Mauer zwischen Ihnen und der Lösung Ihres Problems stünde.

Traumzeit

Jeder Mensch träumt. Manche erinnern sich an ihre Träume, andere nicht. Träume wurden seit biblischen Zeiten dazu herangezogen, Menschen bei der Lösung ihrer Probleme zu helfen. Man hat sie auch als »Schlafbilder« bezeichnet.

Träume können uns Denkanstöße liefern und die Entwicklung unserer Selbstsicherheit fördern. Träume konzentrieren sich auf jene Aspekte Ihrer Persönlichkeit, die im täglichen Leben vernachlässigt werden. In ihnen drükken sich verborgene Spannungen aus; sie begleiten unser inneres Wachstum und unsere Entdeckungen.

Die Traumtherapie ist aus den Erkenntnissen von Freud, Jung, Adler und anderen Psychotherapeuten entwickelt worden, die wir bereits erörtert haben.

Schreiben Sie Ihre Träume in ein Tagebuch. Legen Sie sich einen Schreibblock neben Ihr Bett für nächtliche Notizen, die Sie später in Ihr Tagebuch übertragen können. Schreiben Sie alles, woran Sie sich erinnern, sofort nach dem Erwachen auf, und sei es mitten in der Nacht. Ich bin schon manchmal aus einem Traum erwacht, und immer sagte ich mir, ich würde mich auch noch am Morgen an ihn erinnern. So verschob ich es aus Trägheit, ihn gleich in mein Tagebuch zu notieren. Aber in der Früh ist der Traum bereits wieder ins Unbewußte abgerutscht und für immer verloren. Falls dies geschieht und die vom Traum übermittelte Botschaft wichtig ist, wird sie jedoch wiederkommen, wenn auch möglicherweise in anderem Gewande. Wenn es Ihnen schwerfällt, Träume zu erinnern, dann versuchen Sie, langsamer aufzuwachen, und bleiben Sie ein oder zwei Minuten in entspanntem Zustand liegen. Versuchen Sie, sich den ersten Gedanken ins Gedächtnis zu rufen, den Sie beim Aufwachen hatten. Auf diese Weise können Sie sich entweder den Traum oder zumindest einen Teil davon wieder in Erinnerung rufen, oder Sie können eine Ahnung davon bekommen, was der Traum zu übermitteln versuchte.

Denken Sie daran, daß auch die Aufzeichnungen Ihrer Träume nur für Ihre Augen bestimmt ist; lassen Sie deshalb peinliche Einzelheiten nicht weg. Es gibt Zeiten, in denen wir alle von Dingen träumen, die unser zivilisierter Verstand nicht gern wahrhaben möchte, aber jedes Element ist wesentlich für das entstehende Bild.

Wenn Sie Ihre nächtlichen Notizen in Ihr Tagebuch übertragen, dann denken Sie über sie nach. Vermerken Sie, welche Gefühle Sie in Ihrem Traum hatten. Fragen Sie sich, ob sich die Ereignisse jetzt oder in der Vergangenheit abspielten. Wo befanden Sie sich? Waren Sie so alt wie heute? Spielte der Traum untertags oder in der Nacht, am Morgen oder Nachmittag? Was bedeutet er für Sie? Wenn Sie Ihren Traum auf diese Weise näher erläutern und einen genaueren Blick auf die Reihenfolge der Ereignisse werfen, werden Ihnen vielleicht einige der Zusammenhänge zwischen den Geschehnissen, Sequenzen oder Bildern klarwerden. Manche Menschen fürchten, daß Träume über den Tod, Begräbnisse und andere makabre Ereignisse Vorboten drohenden Unheils seien, aber der Tod hat im Traum symbolische Bedeutung und kann auf verschiedenen Ebenen interpretiert werden. Er kann ein Ende, eine Veränderung oder einen Wechsel repräsentieren. Er kann den Tod eines bestimmten Aspektes Ihres Lebens bedeuten – das Ende eines Jobs, einer Ehe oder einer Beziehung.

Träume bringen oft erschreckende oder höchst suggestive Bilder hervor, die keine Ähnlichkeit mit Dingen haben, die wir auf logische oder rationale Weise verstehen können. In Fällen wie diesen müssen wir die verborgene Botschaft herausbekommen, die so wichtig ist, daß sie uns wachzurütteln versucht. Wenn Sie den Inhalt Ihres Traums und die damit verbundenen Emotionen aufschreiben, dann zeichnen Sie auch Bilder dazu und versuchen Sie, ihn möglichst lebendig werden zu lassen. Wenn Sie nicht dahinterkommen, was er Ihnen sagt, sprechen Sie mit FreundInnen darüber, die vielleicht mehr Licht in die Sache bringen können. Deren Meinungen und Deutungen werden Ihnen nichts sagen, wenn sie falsch sind, aber es könnte sein, daß sie bei Ihnen Saiten zum Klingen bringen und Ihnen Klarheit verschaffen.

Falls Sie Genaueres über Ihre Träume herausfinden möchten, empfehle ich Ihnen, einen Psychotherapeuten zu Rate zu ziehen, der Ihnen hilft, die Botschaften zu entschlüsseln.

In der typischen Traumanalyse erzählt jemand einen Traum und läßt seine Gedanken dann um die Frage schweifen, welche Botschaft er enthalten könnte. Man nennt das freies Assoziieren. Das Ziel ist, Einsicht in die im Traum dargestellten Probleme zu erhalten. Freud nahm an, daß Träume Ausdruck von Wunscherfüllungen seien. Nach neueren Theorien lassen sich Träume jedoch anhand ihrer Symbolik deuten. Der Traum wird zu einem »Ersatz« oder Symbol für etwas anderes. Die üblichen Deutungen von häufig auftretenden Traumsymbolen sind: Türme, Bleistifte, Kolben und andere vergleichbare Gegenstände werden fast universell als Phallussymbole gedeutet. Schachteln, Eingänge und Tunnels repräsentieren die Vagina. Es führt jedoch in die Irre, wenn man die symbolischen Elemente von Träumen blindlings verallgemeinert. Um eine ernsthafte Traumanalyse durchzuführen, sollte man die Hilfe eines Fachmanns/einer Fachfrau in Anspruch nehmen und nicht auf populärwissenschaftliche Psychologiebücher vertrauen.

Brainstorming

Brainstorming ist eine weitere gute Methode, sich mit den anstehenden Problemen zu konfrontieren und neue Möglichkeiten des Umgangs mit ihnen zu finden. Schlagen Sie in Ihrem Tagebuch eine neue Seite auf. Schreiben Sie oben Ihr Problem hin. Notieren Sie dann jeden einzelnen Gedanken, der Ihnen bei der Suche nach einer Lösung in den Sinn kommt. Und zwar nicht bloß die vernünftigen, praktischen, konkreten, logischen Ideen, die aus dem erwachsenen Teil Ihres Bewußtseins stammen, sondern auch die kindischen, irrationalen und ausgeflippten.

Dies ist eine gute Übung, die Sie zusammen mit einer Freundin/einem Freund machen können. Statt alle Ihre Einfälle auf einer Seite Ihres Tagesbuches zu sammeln, können Sie auch ein großes Stück Papier auf dem Boden ausbreiten und darauf abwechselnd die albernsten und die gescheitesten Ideen notieren, die Ihnen einfallen. Diskutieren Sie nicht darüber. Schreiben Sie sie bloß auf. Das kann großen Spaß machen und manche der emotionalen Blockaden auflösen, die Sie bisher daran hinderten, Ihr Problem zu bewältigen. Hier ist ein Beispiel eines einfachen Problems:

Wie kann ich in meinem Büro mehr Ordnung schaffen?

- Verbringe die erste halbe Stunde jedes Tages mit Aufräumen.
- Verstaue alles in Aktenordnern, damit du es leichter findest.
- Stelle eine Putzhilfe an, die für dich aufräumt.
- Schaffe dir einen Aktenschrank an.
- Wirf alles Überflüssige weg.
- Wirf alles weg!
- Suche dir eine gute Fee, die für dich Ordnung hält.
- Beschaffe dir einen Zauberstab.
- Schließ die Tür hinter dir, und schau dir den Verhau nicht an.
- Lade deine ordnungsliebendste Freundin zum Mittagessen ein.
- Lagere das ganze Zeug in den Gartenschuppen aus.
- Besorge dir einige Kartons aus dem Supermarkt, in die du Sachen hineinpacken kannst – beschrifte sie.
- Besorge dir ein Klemmbrett für wichtige Rechnungen etc.
- Schaff dir verschiedene Ablagen für die Rechnungen jedes Monats an.
- Mach jeden Abend klar Schiff.

- Besorge dir farbige Etiketten, damit du die Dinge nach einem Farbencode ordnen kannst.
- Stelle eine Buchhaltungskraft ein, die Ordnung in die Dinge bringt.
- Laß dir von einem freundlichen Briefträger helfen.
- Vergiß es einfach.

Wenn Sie erst einmal in Schwung kommen, werden Sie merken, daß Ihnen gute Einfälle kommen, und wer weiß – vielleicht befolgen Sie sogar einige davon.

Lassen Sie sich von Ihrer Freundin eines von ihren Problemen schildern, und tun Sie dasselbe ihr gegenüber. Üben Sie sich weiterhin im Brainstorming. Sobald Sie den Dreh heraushaben, packen Sie ein ernstes eigenes Problem an. Beginnen Sie mit banaleren Problemen, und gehen Sie später zu schwierigeren über.

Bedenken Sie, daß dies nur Anregungen sind, wie Sie üben können, um sich mit dieser Methode des Problemlösens vertraut zu machen. Brainstorming ist ein gutes Mittel, um die eigene Kreativität zu entfesseln und von selbst auf unkonventionelle Lösungen zu kommen.

»Ihr Komitee«

Dies ist eine Problemlösungstechnik, die oft in der Gestalttherapie angewandt wird. Der Therapeut fordert Sie auf, drei Stühle nebeneinander zu stellen. Sie versehen die

Stühle mit den Etiketten »Erwachsener«, »Kind« und »Eltern«, die sich auf Ihre Ich-Instanzen beziehen. Nun schreiben Sie Ihr Problem auf eine Karte vor sich auf den Boden. Dann setzen Sie sich abwechselnd auf die Stühle und lassen sich durch den Kopf gehen, was die drei Instanzen zu dem Problem sagen werden. Das Kind wird dieses, die Eltern jenes tun wollen. Der Erwachsene wird Gründe für oder gegen die Vorschläge der beiden anderen Instanzen anführen. Auf diese Weise kommen Sie zu einer Lösung.

Lassen Sie jetzt zwei Stühle stehen. Jeder repräsentiert einen anderen Standpunkt. Ein dritter, etwas entfernterer Stuhl trägt die Aufschrift »Regisseur«. Sie setzen sich auf Stuhl Nr. 1 und schildern Ihrem fiktiven Partner – dem Stuhl Nr. 2 – Ihre Idee. Dann setzen Sie sich auf Stuhl Nr. 2 und argumentieren dagegen. Nennen Sie dem Stuhl Nr. 1 alle Gründe, die Ihnen einfallen und die für Ihre Idee sprechen, einschließlich intuitiver Ahnungen und Gefühle. Kehren Sie dann wieder zum Stuhl Nr. 1 zurück, und betrachten Sie alles von der anderen Seite. Sagen Sie dem Stuhl Nr. 2, was gegen seine Ideen spricht. Tauschen Sie alle Gesichtspunkte aus, die sich Ihnen aufdrängen. Seien Sie so logisch und praktisch oder so wütend oder hinterlistig, wie Sie wollen. Vermutlich werden Sie auf diese Weise zwei miteinander in Konflikt liegende Anteile Ihrer Persönlichkeit entdecken, die ich an früherer Stelle als das Es und das Ich, unsere positive und unsere negative Seite usw. beschrieben habe.

Wenn Sie alle Argumente erschöpft haben, dann nehmen Sie auf dem leeren Stuhl des Regisseurs Platz, und beschließen Sie den besten Handlungsplan. Alle irrelevanten Ideen können Sie verwerfen und sich auf diejenigen konzentrieren, die das Problem lösen werden. Es wird Sie überraschen, daß ein simples Spiel wie dieses Ihnen helfen kann, blockierte Gefühle zu enthemmen bzw. freizusetzen.

Wenn Sie sich innerlich hin- und hergerissen fühlen und zu keinem Entschluß kommen, dann werfen Sie eine Münze. Bei Kopf tun Sie dies – bei Zahl jenes. Achten Sie auf Ihre Gefühle. Die Gefühle, die mit der nach oben zeigenden Seite verbunden sind, werden Ihnen wichtige Anhaltspunkte dafür geben, was Sie wirklich wollen. Wenn die Münze die Seite zeigt, die Sie bevorzugen, werden Sie Erleichterung empfinden. Es wird Ihnen leichter fallen, in diese Richtung zu gehen. Zeigt sie jedoch die Seite, die Sie im Grunde nicht wollen, dann werden Sie wahrscheinlich dazu neigen, sie noch einmal zu werfen – bloß um sicherzugehen. Sobald Sie Ihre wahren Gefühle entdeckt haben, werden Sie sich leichter eingestehen können, was Sie zu tun haben, damit Sie bekommen, was Sie wollen.

Nach der Lektüre dieses Buches werden Sie, so hoffe ich, mehr über Selbstsicherheit wissen. Erwarten Sie von sich nicht zu viel in zu kurzer Zeit. Wandlungen vollziehen sich langsam, und jedem von uns sind Grenzen gesetzt. Durchsetzungsfähigkeit hat wie jede andere Kunst auch ihre schlechten Tage. Alte Denkgewohnheiten lassen sich schwer abschütteln. Aber mit einer positiven Einstellung und einem gesunden Respekt für sich selbst werden Ihre neuen Selbstbehauptungstechniken einen positiven Einfluß auf Ihr Leben entfalten und nach einem bescheidenen Beginn im Lauf der Zeit und mit zunehmender Übung an Durchschlagskraft gewinnen.

Sich durchzusetzen ist völlig in Ordnung. Wir müssen all jenen Paroli bieten, die unsere Rechte als Menschen nicht respektieren, oder wir müssen ihnen aus dem Weg gehen – vielleicht müssen wir uns sogar von lange bestehenden Beziehungen verabschieden. Eine neue Persönlichkeit kommt ans Licht, die sich nicht mehr von anderen unterbuttern lassen wird.

Es ist ein ganz natürliches Phänomen, daß sich die unscheinbare Larve verwandelt und an einem warmen Frühlingstag als bezaubernde Libelle mit buntschimmernden Flügeln in die Sonne fliegt. Wandlung ist für uns Menschen ebenso wesentlich wie für Libellen. Der einzige Unterschied ist, daß wir wählen können, ob wir uns wandeln wollen oder nicht, ob wir in einer tristen und begrenzten Welt gefangenbleiben wollen oder ob wir eine Metamorphose zulassen sollen, um unsere Flügel auszubreiten und einen Höhenflug anzutreten. Es liegt an Ihnen.

Danksagungen

Ich möchte einigen Menschen für die Hilfe und Unterstützung danken, die sie mir zuteil werden ließen. Dave, meinem Mentor, der meinen seelischen Ergüssen mit grenzenloser Geduld zuhörte und viele Recherchen für mich besorgte. Ricky und Sue für ihren Beistand, ihre Liebe und harte Arbeit. Bridget für ihre praktische Hilfe und schließlich meinen Kindern Robert und Catherine dafür, daß sie immer liebevoll und unterstützend für mich da waren und mich davor bewahrten, die Bodenhaftung zu verlieren.